U0586816

◆在世界犹太人理事会主席、美国犹太裔联合会主席杰克·罗森为希拉里举办的晚宴上，与希拉里合影

◆与世界犹太人理事会主席、美国犹太裔联合会主席杰克·罗森（右）以及新任纽约市长白思豪（左）合影

◆世界犹太人理事会主席、美国犹太裔联合会主席杰克·罗森为希拉里举办的晚宴上,杰克·罗森与希拉里合影

◆见过希拉里几次,希拉里第一次竞选总统时,他的先生克林顿帮她宣传,这是当时拍的合影

◆ 在墨西哥参加中墨企业家会议

◆和中国驻纽约总领事馆总领
事章启月大使在 2015 年美
国图书博览会（Book Expo
America）上合影，中国是这
一届书展的主宾国

◆ 和美国最大的连锁百货公司 Macy's 副总裁在亚美商业中心的活动中

◆ 在第四届纽约中国电影节上和赵薇合影

◆ 第三届纽约中国电影节上与香港演员郭富城先生合影

◆ 第三届纽约中国电影节上，与前奥斯卡主席西德·甘尼斯（左）及美中全国委员会主席欧伦斯（右）合影

◆ 第三届纽约中国电影节上
　和美国著名演员 Alan 合影

◆ 和著名旅美歌唱家吕坤先生(右)以及亚洲拉丁舞皇后赖晶晶(左)一起担任中央电视台"我要上春晚"大纽约赛区评委

◆ 与著名主持人路一鸣、张腾岳、王宁彤等人一起担任中央电视台"发现星主播"活动的评委

◆ 作为中央电视台"青春中国"的制片人、协办方以及评委,参与了这个以青少年为主体的艺术评比交流大型活动

参加中国留学生在美国的毕业典礼

◆个人照片1

◆个人照片2

◆2014 感恩节

◆ 在时代广场采访著名的北美崔哥

◆和土豆网联合制作"三好学生"美国夏令营真人秀节目,这是我们美高
美国际传媒公司的摄制组成员

◆在时代广场,自由女神
拿着我的书《纽约的中
国老板们》

◆ 在纽约采访街舞比赛

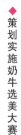

◆ 策划实施奶牛选美大赛

◆我们美高美国际传媒
公司在中国的一次活
动，美国驻华大使馆
商务参赞被我逼着帮
我拉选票，此相片拍
摄于北京一美国公司
举行的 party

◆好多美国国旗都是 Made in China,中国制造

◆在曼哈顿图书馆前

◆录制凤凰视频凤凰卫视节目《老家》

◆我们美高美传媒公司和土豆网合作拍摄『三好学生』美国夏令营真人秀节目，这是在圣地亚哥的拍摄现场

◆ 被纽约州长办公室邀请，参加纽约波多黎各日游行

◆ 和几位非裔小朋友

◆ 在美国代替悠悠同学的家长参加家长会,与老师谈学生的情况

◆ 多年前采访原英国驻重庆总领事馆总领事艾琳

高娓娓采访艾琳

◆ 2015 年 3 月 8 日，纽约华人示威游行，抗议起诉失误枪杀黑人的华裔梁警官

◆ 和美国国防部部长办公室策略顾问白邦瑞（Michael Pillsbury）先生（右），以及中国国防大学教授刘明福先生（中），在 2015 年美国图书博览会上合影

◆ 美国爱丽丝岛杰出移民奖颁奖典礼上和组委会主席合影

◆ 在美国参加爱丽丝岛奖杰出移民颁奖晚会与礼仪队合影

高娓娓◎著

娓娓道美国
VIVID ACCOUNTS OF AMERICA

清华大学出版社
北 京

本书封面贴有清华大学出版社防伪标签，无标签者不得销售。

版权所有，侵权必究。侵权举报电话：010-62782989　13701121933

图书在版编目（CIP）数据

娓娓道美国/高娓娓著 . —北京：清华大学出版社，2015
ISBN 978-7-302-37414-5

Ⅰ. ①娓…　Ⅱ. ①高…　Ⅲ. ①新闻报道—作品集—中国—当代　Ⅳ. ①I253

中国版本图书馆 CIP 数据核字（2014）第 162978 号

责任编辑：朱敏悦
封面设计：汉风唐韵
责任校对：王荣静
责任印制：王静怡

出版发行：清华大学出版社
　　　　　网　　址：http://www.tup.com.cn，http://www.wqbook.com
　　　　　地　　址：北京清华大学学研大厦 A 座　　　邮　编：100084
　　　　　社总机：010-62770175　　　　　　　　　　邮　购：010-62786544
　　　　　投稿与读者服务：010-62776969，c-service@tup.tsinghua.edu.cn
　　　　　质量反馈：010-62772015，zhiliang@tup.tsinghua.edu.cn
印刷者：三河市君旺印务有限公司
装订者：三河市新茂装订有限公司
经　销：全国新华书店
开　本：170mm×240mm　印张：14.25　插页：14　字　数：164 千字
版　次：2015 年 8 月第 1 版　　　　　　　　　　印　次：2015 年 8 月第 1 次印刷
印　数：1～3000
定　价：39.00 元

产品编号：056618-01

自　序

高娓娓

这是我的第三本书，和前面两本《高看美国》《纽约的中国老板们》相比很不一样，这本书的内容很多来自于我的博客，所以就得讲讲我写博客的事情。

因为写博客，经常看到自己不同内容的文章出现在各大门户网站的首页；时不时有网友来告诉我，很喜欢我的博客也很喜欢我的风格，那种快乐无与伦比。

我被评选为 2009 年新浪 10 大博主；2012 年网易 10 大博主，也作为海外嘉宾被邀请参加腾讯在海南博鳌举行的全国博主会议，参加搜狐名家大会等，这令我十分开心并且很有成就感。

其实，一开始写博客，是在朋友们的"威逼利诱"下。

还记得当时是 2008 年，好多人一见面就问："你 QQ 号是多少？"我摇摇头，说我没有 QQ 号。然后他们会再问："MSN 呢？"我接着摇头。然后他们就会很夸张地睁大眼睛，张大嘴巴，很惊讶地说："不会吧？那博客呢？也没有？你怎么那么自私，你在外面我们想找你都不容易，为什么不开个博客，把那些有趣的经历写在博客上与朋友们一起分享？"

然后有天去参加一个聚会，看好多人都熟悉得像天天生活在一起的家人，我好奇怪。朋友告诉我，他们都是博友，通过博客沟通交流，甚至都以博客名称呼，因此熟悉得一塌糊涂。

我开始动心了。

于是，在亲朋好友"恨铁不成钢"的表情中，我痛下决心：不就是写博客吗？Who 怕 who！（谁怕谁！）

2008 年，行家们说博客已经进入了低潮期，但我搞不懂低潮还是高潮，埋头就开始写。在 8 月 8 日那天，发表了我的博客宣言：从原始社会到共产主义社会——新手上路，开博了！

从此，满怀"革命热情"，一写就是 6 年。

因为自己做电视节目多年，所以写博客的时候，有个"非常坏的习惯"——喜欢通过许多图片增加现场感和真实感，而且用图片可以少写文字好偷懒。另外，我一直认为，一幅图片胜过千言万语。因此有看我博客的朋友开玩笑说，我的博文经常是"看图说话"。认识我的人都说，我的博文像我本人的性格一样憨厚。

这也得益于我做媒体工作多年，平时就积累了很多照片和内容，而令以前的"存货"全都用上了，把以前随手拍的相片或者保存的资料，随便翻一翻，找点内容，就能写成一篇很有意思的博文。所以美国这边，甚至地球上某个角落发生的什么事情，好像我都可以找到相关内容，就连上次习近平主席出访非洲的坦桑尼亚，我在写相关博文时，也能将之与我在纽约的经历串在一起：我突然想起在联合国的一个活动中遇见过坦桑尼亚总统，还跟他有一张合影，于是结合见到总统时的印象，写了一篇"坦桑尼亚总统像邻家大哥"的博文。

其实，当年写博客前我正从 5·12 纹川地震灾区回纽约，看过了四川灾区的惨状，看过了生离死别，再回归繁华的纽约，一段时间我发现自己患上了忧郁症。夜晚经常做跟灾区有关的噩梦，半夜常常惊醒。

所幸的是，写博客帮了我的大忙。

我把自己在美国生活、工作中的所见所闻用文字＋图片的方式记录下来，和网友们分享交流。忧郁的心，就在那一字一句、一图一画、一声声问候与叮咛、一次次交流与沟通中，逐渐平复。

从那以后，不论走到哪里，我的照片就拍到哪里，无论开心还是痛苦，想到什么，就马上记下来。有时候，本来不想去参加一些活动，但想到可以拍照片写博客，分享给网友们，就去了。

还记得我的博客刚开几天，点击量就超过了十万，一个月就超过了一百万，其中有一篇博文，人们在评论里你一言我一语，吵得好不热闹，足有两千多条评论，让我这个在美国生活十几年，"没见过大场面"的人震惊不已。

从开始到现在，写博客成为了我生活、工作中非常重要的一部分。

当我在墨西哥和习近平主席及中墨企业家共进午餐时；当我在迈阿密度假时，我可以把其他事都暂时抛之脑后，却唯独放不下这博客。每到要发文的时候，就算在路途上，也要想方设法把文章发出来。

多少次，是通过各种软件把内容一句句交代给助理，让她逐字敲出，我再润色回传；多少次，到处找网络，活脱脱一副"博客上瘾重症者"的样子……

也时常会问自己，怎么会有那么大的毅力，持之以恒写了这么多年还不生厌？

我想，除了职业习惯和自己的爱好外，还有网友支持、鼓舞和信任的力量。同时，写博客也让我有机会了解中国，学到很多新鲜的知识，特别是中国流行的一些网络语言，好像使自己也变得更前卫啦！

这些年来，写博客也闹了很多笑话。

那是刚刚写博客不久，忧郁症还在折磨着我，写到动情之处，就忍不住哭了起来。当我正泪流满面之时，突然想起有箱子在车上，就夺门出去拿，边走边流泪，箱子拿回来后去关门时，发现一位白头发的美国人站在门口，吓得我大声尖叫，重重地把门关上。叫声和关门声在深夜里格外响亮，当我惊魂未定时，门外传来一句："Dear, are you ok?"想起他的样子，好像不是坏人。第二天隔壁邻居告诉我，他表哥昨晚来他家，看见隔壁一个披头散发的中国美女，半夜哭着尖叫，把人家美国帅哥吓坏了。

那情景现在回想起来都忍不住想笑。写博客真有点让人疯狂让人痴迷，有时半夜上厕所还要绕个弯打开电脑看一下博客，回复一下留言，有熟悉我的博友就笑称："妮妮你又梦游了！"还有朋友在我开始写博客时就以过来人的口气断言："高妮妮你就一时新鲜，热情几天，过几个月或者一年，你就不会这么起劲了。"

可是如今，从 2008 年到现在，这么多年过去了，我写博客的热情一直没有减退。

我很感谢新浪，感谢网易，感谢搜狐，感谢腾讯，感谢凤凰，感谢所有邀请我去开博客的网站，感谢很多著名的、不著名的媒体采用我的文章（虽然有些时候不署名），让我结识了那么多朋友。非常高兴能给大家分享感兴趣的信息，更感谢所有的读者，关心我、支持我、鼓励我、鞭策我。

经常被网友情真意切的留言感动，看着大家在我博客里交流、成为朋友，心中倍感欣慰。还有网友在我博客里找到了他失散多年的朋友，好多年没有联系的同学也通过博客再联系上了，甚至有网友说我博客中的故事阻止了他们的自杀行为，也有博友特别是年轻人希望像我一样生活工作....

对我来说，这些都是莫大的鼓励。几年来，类似的让我感动的点点滴滴，一直都存在我心中。有那么多朋友，一起和我分享，我的经历，我的感触，这些都是我最珍贵的财富。

因为写美国的方方面面，所以自然就成了博友们了解美国的窗口之一，谢谢大家的信任。

　　不过，有一天，有人问我："如果突然有一天，网络出了问题，这些数据和文字都不见了，怎么办？"

　　我开始担心，这么多文字，都不见了，太可惜了！

　　刚好这个时候，清华大学出版社的编辑与我相谈把博客内容出书的事宜，大家一拍即合，当场就把题目给定下来了！

　　于是，就有了你们现在看到的这本书。在此，还要特别感谢清华大学出版社的各位领导和编辑，以及年轻有为的邵宴昌主任，没有他们，这些内容不会那么快成书。

　　这本书没有什么体裁，没有什么主线，它就是我平时目睹的、亲历的，美国的衣食住行、教育医疗、政治金融、鸡毛蒜皮……总之，大大小小、事无巨细，如果有幸它能到了您的手里，您就当娓娓在和您聊天，今天聊一点，明天聊一点，每天都有不同的内容，每次都是随口就讲，讲到哪是哪，您不听了，走开了，也没关系，下次再接着听，也不用什么"前情提要"。

　　当然，我们每个人的眼光都不一定全面，我只能给您讲我看到的、感受到的、亲历的美国，我没有看到的那些，肯定还会有其他人会跟您讲的。您听完、看完，又会形成自己的见解，又会给其他人讲，在你的叙述中可能又不一样了。

　　所以，这本书，只是高娓娓看见的美国的一部分。也正是因为如此，它也是我眼中真实、生动、贴近生活的美国！希望这本书能对大家了解美国有所帮助。

　　好了，絮叨一大堆，闲话不说了，且听娓娓道来！

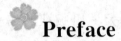

Preface

Weiwei Gao

My third book is quite different from the previous two, '*My Journalist Experience in America*' and '*Prominent Chinese Entrepreneurs in New York*'. In this book' you will find many stories from my blog and it is necessary to tell you some stories about how I started.

Often times I saw my articles were placed on the front pages of major websites, my readers came to me and expressed their appreciations. This level of happiness and enjoyment is incomparable.

I was selected as one the of the top ten bloggers of Sina in the year of 2009, and Netease in the year of 2012. I was invited by Tencent as a distinguished foreign guest to attend the national blogger's conference in Boao of Hainan. I was delighted and it also brought me great sense of achievements.

In fact , I was pushed by my friends to start writing blog in the first place.

It was in 2008, many friends would asked me of my QQ numbers or MSN account numbers. It was a trend at the time. However, I had none of those. My friends would stare at me surprisingly as if I had come from another planet, and asked: "Are you sure? What about Blogs? Weiwei , you can't be so selfish, you're such a person so hard to find. Why don't you create a blog and share your exciting and interesting stories with us?"

One day , I went to a party, I was curious that the party goers seemed extremely familiar with each other, just like family members. My friends told me they were all bloggers. The reason of their closeness was that they communicated and exchanged ideas through their blogs. They even greeted each other with the names of their blogs.

My interest was aroused.

After that, fueled by my friends and relatives, I finally made up my mind. "It is just a blog writing, not a big deal, right?" I said to myself.

In 2008, experts said the tide of first generation Bloggers in China was ebbing. I started writing regardless the situation of the outside world. On the 8th of August, I announced the launch of my blog: From primitive society to communistic society, I am hitting a new road with my blog!

Since then, I started writing with my "revolutionary" passion for 6 years.

I was a TV producer for many years and I have cultivated a "very bad habit" —— I love telling my stories with lots of pictures in order to produce the sense of presence and realness. Besides, pictures would make me to write less words, which grant me an excuse of being lazy. what's more, of course, I always believe "a picture is worth ten thousand words". No wonder, then, people who view my blog often say that reading my blog is like "reading" pictures! Friends who are familiar with me say my blog is a mirror of my genuine personality. No doubt, I benefit much in my journalist experience from which I have accumulated tons of pictures and contents. When I need something for my blog, I simply do a little search through my own media database and an interesting story will come out. I can easily write stories about America and even about the world. There was one time when president Xi Jinping of China visited Tanzania and I wrote a blog story connection with my Tanzanian connection and experience in New York. I met the president of Tanzania on an event organized by the United Nations, and I even had a picture taken with him. My impression of the president in this meeting was the main content of my blog entitled *"Big Brother of Neighborhood——The President of Tanzania."*

In fact, it was the same time I started my blog when I came back from wenchuan, the Sichuan earthquake disaster area in 2008. Since I witnessed the disaster of life and death, I suffered from depressive disorder under the bustling lights of New York City. I had nightmares from what I saw and I often woke up at the middle of the night.

Luckily, my blog helped me get through.

I recorded what I saw and experienced from life with my blog and work in America through pictures and words. Picture by picture, word by word, and my depression was gradually eased through the communication and care from my readers.

From then on, no matter how happy, sad I am, or where I go, whatever comes into my mind I put it into my blog. Some activities I wasn't planning to participate at the first place, in order to share it with my readers, I participated eventually.

My blog had 100, 000 hits several days after it's launch. After one month it reached over a million. What made me proud was that one of my blog stories attracted more than 2, 000 comments. I have lived in the United States for more than a decade and have never seen such a 'big stir'.

Nowadays, blog has become an important part of my life.

Even when I was having lunch with president Xi Jinping and Chinese-Mexican entrepreneurs in Mexico, or when I was having a vacation in Miami, I could put aside everything else except my blog. Even when I was in the middle of a trip, I would try every means to send the new passage out.

I can't remember how many times I would use all kinds of software to deliver my message to my assistant. I can't remember how many times we would write and rewrite and polish my blog stories again and again just as we were seriously addicted to blog.

Sometimes I asked myself, where did I find such perseverance for blog for many years and never got tired with it?

Despite my own interest, it came from the power of trustiness and sportiness of my readers. Blog granted me the opportunity to learn and know more about China, especially some modern Internet words and characters. I felt I've become more avant-garde then ever.

I've also made many jokes these years.

When I suffered from depressive disorder, I was very easihy to get emotional and sometime cried while writing. One night while I was crying and writing, I remembered I left a suitcase in the trunk of my car. I rushed out with tears in my eyes and by the time I came back a white haired American man stood in front of my door. I creamed and shut the door heavily. The sound of my cream and the door echoed at the middle of the night. When I was still suffering from the shock, a gentle voice came from outside, 'Dear, are you ok?' Until at this moment did I realize how awkward I was! The white haired man didn't look like a bad guy. The next day my neighbor told me his cousin visited him last night, and a crying Chinese beauty shocked him from head to toes. *Blog sometimes makes me a little crazy and addictive, sometime I would spend time to check the replies whens I went to the rest room at midnight. At those time my fans would joke with me with such light hearted replies as: Weiwei are you dream walking again?*

Some of my friends declared years ago that I would lose my passion in a few months or no longer than a year. However, since 2008, my passion has never decreased.

I feel extremely grateful to Sina, Netease, Sohu, Tencent, and Phoenix. I also want to express my gratitude to all the other media that invited me to launch my blogsite in their website. Thanks for those famous or not so famous, or little known websites who transmitted my blog stories, even some if then did bit giving me any credit. I made so many friends and I feel happy to share what I see and feel. Most importantly I want to thank my readers who have been caring me, supporting me, encouraging me and criticizing me along the way.

Often times I feel deeply touched by reading those comments, and I feel pleased that people can communicate and make friends through my blog. Some people found their long lost friends, and some said they contacted schodmates thot are out of touch for many yeors. Some young people even said they wanted to live and work just like me.

All of these above mentioned incidents are huge encouragements to me. For all these years I have kept all these blessings in my heart. These are my most valuable treasure.

Since my blog is about every aspect of America, it becomes a window for Chinese people to understand the U. S. I want to thank everyone for their trust.

What if some day there is a huge crack on Internet, and all of the data and words disappear? I began to worry that my effort would be a waste.

At that time, the editors from Tsinghua University Press approached me and wanted to put my articles into a book. It was such a great idea.

I'd like to express my sincere gratitude to the editors and executives of Tsinghua University Press, as well as the young and promising publishing director Mr. Shao Yanchang. Without their help, it would be impossible for this book to come out at this time.

This book has neither a type of form nor a subject. It is simply a collection of my experiences and my eyewitness accounts of American daily life: food, clothing, education, medicine politics, economy, travel, vacation, etc. Please take this book as if I am chatting with you, a little bit of chat today and a little bit of chat tomorrow. Every day you will have some new experience, you can pick up at any time and any location without the need of a previous reminder.

Of course, people see things differently and no one can be comprehensive. I can only share with you what I have seen and experienced in America. I'm sure someone else will tell you the things that I have not seen. After all , you will have your own understanding and perspectives, and pass your thoughts to the others. Your narratives might be another story.

Thus, this book is only a small part of America in the eyes of Weiwei. And for that reason, to me it is the most authentic, vivid and lively America. I hope this book will do some good in helping people to understand America.

So much for my garrulous words, now please listen to my stories effusively!

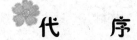

代　序

新浪博客主编张蕾

美国人 1997 年开始捣鼓 Blog，5 年后，中国把 Blog 引进来，称之为"博客"。

我想，最初那几位网络前辈，为了把"Blog"的汉译，可能没少费脑筋。中国台湾，把 Blog 翻译为"部落格"，很有点"我的地盘我做主"的感觉，但那似乎还是有点不太精准。直到"博客"这个叫法被挖掘出来，人们细细品过之后，就会一拍大腿叫道"太地道了！"

博客——博采众长，广纳百客——言简意赅！

2005 年中国博客数突破一千万，新浪博客一马当先，为平民话语、人人书写，提供最广阔的平台。自此，博客改变了中国人的生活习惯和生存状态，为每个人的"精神漫游"开创了可能。而新浪博客，很荣幸地在其中书写了浓墨重彩的一笔。

到了 2008 年，博客的热潮渐褪，沉淀下来的，都是精华。

高娓娓，就是在这个时期，开始了自己的博客人生。

还记得第一次看她的博客，发现她写的大多都是美国的人和事。

高娓娓以她在传媒行业多年的方便和优势，写作自由、真实、自然，在她娓娓道来的叙述中，总是时不时跳出一些令人心动的文字，蕴涵着对美国最朴素的认识。

她的新浪博客，建立第三天，访问量超过十万；一个月，超过一百万；2009 年与柴静、蒋方舟、桑兰等一起被评为"新浪十大博主"，她是唯一的海外博主。

之后，高娓娓在微博、在各大网站上的博客人气也是扶摇直上，到如今累计已有近2亿的粉丝了。

人们喜欢从她的文字中触摸美国，喜欢她率真可爱的个性，喜欢她在异国的街头总是用一抹中国红给老外们带去惊艳……

如今，她把她在新浪博客上与大家分享的那一篇篇文字，以及网友的精彩评论，集结成书，我们这些一直在幕后追她文章，为大家服务的编辑，突然有一种嫁女儿的感觉，欣慰又自豪。

毕竟，博客的精彩，在于融汇——融汇不同人的见解、见闻；博客的魅力，在于分享——在无限的平台上，与志同道合或观点相悖的人，交流、讨论，甚至吵架，酣畅淋漓，快意人生。

希望大家像喜欢她的博客一样喜欢她的这本书！

有没有一款琴，拂响它能忘记愁苦；

有没有一群兄弟，握紧手不问出处；

有没有一处江湖，融入它就用不孤独……

我想，高娓娓的博客，高娓娓的书，就是这么一个地方！

Preface

Editorial Department - Blog Channel - Editor in Chief - Lei Zhang

The Blog was an invention of the Americans, they began to fiddle with it in 1997.

OR ---> The Blogosphere was an invention the Americans began fiddling with in 1997.

Five years later, it was introduced to Chinese readers with the fashionable Chinese name: 'Bo Ke'（博客）.

I guess, in the early days, Chinese translators must have been troubled with the proper Chinese translation of "Blog". In Chinese Taiwan, "Blog" is translated as 'Bu Luo Ge'（部落格）, meaning "the territory or domain of a writer", which is not accurate. It was not until the word 'Bo Ke'（博客）was coined in Mainland China that people found there would not be a better idiomatic Chinese expression to conveyer the meaning and content of "Blog" —— 'Bo' '博' means to learn from or collect widely others' strong points. 'Ke'（客）means all are friends and guests who pay a visit to me. 'Bo Ke'（博客）is indeed a concise and comprehensive Chinese expression of Blog.

By 2005, China already boasted more than 10 million Blog writers, and the Sina Blog is a proud pioneer of this new online platform. Since its launch, the Sina Blog has been the greatest platform for those who write and share stories online. Since then, the Blog has changed our living state and our living habits. It has been an online paradise where our souls can roam freely. If Chinese Blogs were a colorful drawing, then the Sina Blog would be the brightest color.

In 2008, as the tide of the first generation Bloggers in China was ebbing, the remaining Bloggers became a real elite. At the same time, Gao Weiwei started her journey as a Blogger.

Now, Weiwei has condensed the stories and perspectives she shared on her Blog over the years into this new book. As the editor of her Blog and this book, I'm extremely pleased to see her achievements and also so proud of her, just like a happy father seeing his daughter getting married.

After all, what makes the Blog so special and charming is that it is a melting pot allowing different opinions, perspectives and observations to co-exist. We can share everything on the same platform regardless of our polarized view-points. We can also fully and delightfully communicate, discuss and even argue, and share enjoyment of life to the fullest extent.

I wish everybody would adore Weiwei's book, the same way as her Blog.

Is there a magic violin in the world whose sound could make people forget their sorrow?

Is there a group of brothers and sisters who can clench their hands without asking where they are from and where they are going tomorrow?

Is there a place on the earth where you can blend in and never feel you are a soul alone strolling a street narrow...

I believe Weiwei's book and her Blog are such things!

✿ 目　　录

一、 在美国开车的花费

朋友刘先生刚从北京到纽约生活不久，对美国的一切都很感新鲜，而且还处于新移民的第一阶段——对比阶段，即：在美国看到什么都喜欢拿来和中国的同类事物作对比，尤其是在物价方面。

一天我们一起去参加聚会，路过纽约皇后区的一个加油站加油时，刘先生看到加油站大大的油价牌上写着：普通汽油（87 号）4.15 美元，中等油（89 号）4.31 美元，高等汽油（93 号）4.41 美元，柴油 4.49 美元（按照加仑计算，已经包括税）。他很感慨地说：美国的汽油比中国便宜多了！

刘先生一家在北京时，有两辆私家小车，平时"夫妻二人"一人一辆。每个月的加油费，大概需要 4000 人民币。

刘先生所说的便宜，是在不把美元换算成人民币来对比的前提下，因为对于一个收入 3000 美元的美国人来说，他花出去 5 美元钱，与一个收入 3000 元人民币的中国人花出去 5 元钱，应该是一样的开销。

美国人开车上班一个月花费多少油钱

美国是轮胎上的国家，很多家庭特别是住在郊外的家庭，有两辆车是很平常的事情。汽车在生活中必不可少，油价的高低变化，直接影响美国人民的生活。

有些人上班必须开车，或者开车到可以坐地铁的地方，把车停在那里（这种车站停车是免费的），坐地铁去上班。很多在曼哈顿上班的人就是这样做的。

那人们开车上班要花多少钱？

举个例子，一个朋友家住长岛，开车到曼哈顿，单边路程30多公里，每天来回60多公里，周末全家出门或者购物买菜，每周加油一次，加满80美元左右，可够一周使用。换句话说，这位朋友如果每月工资收入4500美元，油费用去320美元左右。

有的人上班不是很远，一个月汽车的油费大概在200美元。

由此可以看出，加油的花费只占美国人的支出比例中很小的一部分。

被惯坏了的美国人

在微博上看到一个关于油价的笑话：

　　3 年后的今天，开着车加油。师傅问："加多少钱？"我说："加 10 000 块钱吧！""加这么点才能开多远，干脆加满了吧！""不了，留点钱还得买两棵大葱呢。""加好了，等下我给你拿发票。""私家车，不用发票。"师傅愣了半天说："天啊，私家车也敢来加油！"

　　我来美国 10 多年，看见美国油价从 1.99 美元 1 加仑到现在 1 加仑上了 4 美元（外州的油价没有上 4 美元 1 加仑，纽约的物价高过其他地方），美国老百姓怨声载道，前几年大骂布什打伊拉克，搞得本国民不聊生；现在又大骂奥巴马当总统不称职，油价飞涨。

　　其实，根据美国 CNN 引述美国调查公司 AIRING 的调查数据显示，在全球 155 个国家中，美国还属于"低油价国家"。

　　CNN 的报道称，美国确实一直在打压汽油价格，对于现在的总统候选人来说，怎样继续控制汽油价格也是关键的一张牌。习惯了低油价的美国人，油价稍有上涨就大呼"日子困难"，比起那些高油价的欧洲国家百姓来说，显得像被"惯"坏了。

　　这个说法有一定的道理。在现实中，美国人的确喜欢买大排量的车，而且喜欢住大房子，即使工作地点离家很远，开车上下班也觉得挺正常。这使得美国人面临油价上涨时，更加措手不及，也更容易"大惊小怪"。

　　美国油价到底贵不贵，其实也是一个见仁见智的问题。

　　在这里我为大家提供一些换算工具，美国是按照加仑计算的。

　　1 加仑＝3.8 升，1 美元＝6.1 元人民币

　　按照中等油（89 号）4.31 美元 1 加仑来算，3.8 升汽油需要大

概 26 元人民币，那 1 公升汽油，大概就是 6.8 元人民币。这么一算，好像是比现在北京的汽油要便宜一点。

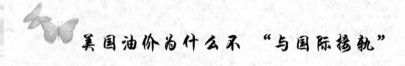

美国油价为什么不 "与国际接轨"

美国石油研究所首席经济学家约翰·费尔米曾经分析过美国的低油价的原因。

一是因为美国原油进价便宜。

同样的石油，美国买的比其他国家都便宜，而且国际油价由美元结算，美国有石油定价权，这是其他国家比不了的。至于为什么，相信不用说大家也知道。

从伊拉克战争到阿富汗军事行动，再到最近的叙利亚问题，不少民众都说，对中东国家发动军事行动，归根结底为的还是一个石油。

我的很多中国朋友也愤愤不平地说，美国就是到处侵略资源，强占回去给自己国家的民众享用。

二是美国政府对石油公司有税收补贴。

据说，在很多产油国，比如伊朗和沙特阿拉伯，汽油跟矿泉水一样便宜。在委内瑞拉，1 加仑汽油才 12 美分，约合 0.22 元人民币 1 升；在沙特阿拉伯，汽油价格是 45 美分 1 加仑，约合 0.83 元人民币 1 升（数据是从网上看来的，不知道是否确凿）。便宜的原因，就是这些石油国家会对当地的汽油生产企业进行税收补贴，促使其开足马力开采石油。

在美国，联邦政府征收的汽油税为 18 美分 1 加仑，相比而言属低税收，这是美国的油价在国际上不算贵的原因之一。

美国人在车上面的其他花费

车的油费在美国百姓的收入中占的比例不大。

不过除了加油费，车的费用还有保险费，也是一笔不小的开支。

关于保险要看你是什么样的车，全保还是半保，一般情况下，费用全年在几百到一千多美元不等。

美国汽车保险具有四项基本大类。

第一项：对方无保险或保额过低的保险——事故中，是别人的责任，但别人没有保险或者保费不够支付损失，你要替别人支付。买这项保险一般要花费几十美元。

第二项：责任保险——自己的过失造成对方汽车损坏或身体受伤时，保险公司将支付有限额的赔偿，通常责任保险费一年约在几百到上千美元不等。

第三项：碰撞保险——用于支付因驾驶人自身过失而造成自己的汽车和身体损伤。

第四项：意外保险——主要赔偿由于偷盗以及自然环境造成的损失，买这项保险一年大概要花几百美元。

以上四项保险全买的被称为全额保险，保险费从 600 美元到数千美元不等，具体金额由车主个人的驾车年数、是否出过车祸、汽车的种类、车子的新旧、价值、居住地区等诸多因素决定。因此，即使同一项保险，卖给不同的人，保险费也会有很大差别。

一般来说，保险费的多少与投保项目多寡、保额限度、自付额高低，以及投保人的年龄、性别、驾驶经验、违规记录、抽烟与否、婚姻状态、居住地点和汽车价值等有直接关系。基本上，投保的项目越多，保费也越高；汽车的价值越高，保费也越高；而居住在交通拥挤的大城市，保费就比小城市或小镇要高得多。

好了，油价不算高，保险也买齐了，美国的公路还是很好开的，而且多数都是免费公路，停车基本也是免费的（当然像曼哈顿这样的繁华地区除外）。如果你到美国来，并要待上一段时间，那建议你还是弄上一辆车，不然你会觉得很不方便。纽约市除外，因为纽约市的公交相当方便，地铁一天 24 小时不停，巴士也开到午夜。在纽约市，没有车照样可以通行无阻。

二、 中国留学生之殇

美国一直是很多中国学生留学深造的首选国家。

美国驻华大使馆在 2012 年发布的《开放门户报告》里称，中国赴美留学生在 2012 年度创历史新高，逼近 20 万，而美国大学的国际学生总数为 76.4 万人。这意味着，在美国，4 个留学生中就有 1 个中国人。

在美国的中国留学生队伍如此庞大，但奇怪的是，中国留学生在美国却并没有"人多力量大"的架势，有时候反而显得有些弱势。

 ## 美国人怎么评价中国留学生

那些中国留学生身边的老外们，是怎么看中国留学生的呢？或许我们能从他们的眼中看到自己的不足。

Yahoo 海外上有一篇报道，讲几点老外关于中国留学生的评价，虽不完全准确，但很有意思。（郑重说明：以下言论，引用自 Yahoo 海外论坛，不代表本人观点）

评价一：读书用功，看重成绩，却缺乏创造力

美国学生认为中国学生学习太用功，对考试过于重视，对创造力和独立思考却不注重。只顾埋头学习，却对自己的人生和将来缺乏思考。一些美国学生说，中国学生都是"用功狂"。

评价二：缺乏幽默感，开不起玩笑

美国人很喜欢聚会，经常在自己或朋友家开办各种派对，各种主题，各种玩法，其中免不了喝酒和整人逗趣的小游戏。但奇怪的是，很多老美学生，很少邀请中国留学生参加这种聚会。

因为他们担心中国留学生会不习惯他们的玩法。毕竟，大多数中国学生思想还是非常保守的。

评价三：英语交流能力差

有美国学生说："当我得知中国留学生都从小学就学习英语时，我简直太吃惊了，因为他们的口语能力完全不能正常对话，更别说讨论问题了。"

刚出国门，语言障碍是每个留学生都不可避免的，别说你英语多牛，雅思多少，GRE多高的，到现实中完全没用。这个障碍不克服，就难以融入美国文化中去学习。

评价四：爱做饭，而且深谙此道

一是不喜欢吃西餐，二是节约。不仅仅是中国留学生喜欢自己做饭，中国人在海外都喜欢自己做饭。

评价五：中国留学生爱热闹，喜欢找老乡聚会、吃饭、打扑克牌、打麻将

中国留学生也许不擅长参加老外的聚会，但经常参加自己人的聚会。

很多中国留学生到了美国后，第一个打听的就是附近有没有华人圈子，然后找来自同一个地方的老乡。

评价七：中国留学生比较内向、含蓄，不谈性

老外总说中国留学生不喜欢把自己的感情外露，更不喜欢随时随地把"我爱你"挂在嘴边，不会在公共场所搂搂抱抱，也不谈性方面的事情。

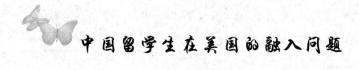

中国留学生在美国的融入问题

从前文的一些评价里可以看到，一些中国留学生在美国显得有些格格不入。虽然这些评价也不十分准确，但可以从侧面反映出一些问题。

中国留学生到了美国，并不是每个人都能适应，有些人如鱼得水、游刃有余，有些人则很不习惯，度日如年。

学业的繁重，生活习惯截然不同，文化难以融合，再加上语言问题，导致有些留学生困在自己中国同学的圈子里，没法融入美国当地的文化中。

同时有些留学生也很难融入当地社会，这其中，有地域文化的差别因素，也有留学生自身的问题。

中国留学生在美国的安全问题

这两年，中国留学生在海外遇害的惨案时有发生。影响比较大的就是姚某事件。

女留学生姚某，持学生签证到美国才两个月，准备进法学院读书。2010年5月16日晚上姚某从纽约法拉盛闹市区一家超市购物出来，遭遇一名西裔醉鬼，被醉鬼凶徒抓住按倒在旁边的一处民宅前强奸。姚某尖叫反抗，凶徒顺手操起一根铁管，猛击姚某头部50次左右。姚某颅骨粉碎，凶徒又将铁管插入她的后脑。此事轰动华人社区，各界深感震惊和心寒。

2012年美国洛杉矶南加州大学附近发生枪击事件，两名中国籍留学生中弹身亡。两名中国留学生均为20多岁的电子工程专业的在读研究生，一男一女。南加州大学是国际学生最多的美国大学，有超过2500名中国留学生在该校就读。此消息公布后再次引发国内对留学安全问题的关注。

中国留学生在美国频频发生事故，让"留学安全"成为一个广受关注的热点，也成为广大学生家长出国留学的第一考虑要素。与以前相比，中国已成为绝大多数发达甚至发展中国家的最大留学生"生源国"。中国留学生形成一个特殊的群体，但从很多方面来说，他们也是一个弱势群体。复杂的原因让中国留学生"出的事多了"，给中国留学生本人及他们的家庭带来痛苦甚至悲剧。

中国留学生在美国应该怎样保护自己

　　跨海越洋、背井离乡的留学生活其实远不如众人眼里的那般光鲜，背后充满了各种辛酸苦痛。离开了父母和家乡，来到一个完全陌生的国度开始自己的学习和生活，这并没有想象中的简单。除了要学会独立，照顾自己各种起居生活之外，还要学会自我保护，应对种种潜在的陷阱和风险。

　　其实，我们前面说了那么多留学生在美国遇害的悲剧，但如果留学生注意保护自己，这些悲剧原本都可以避免。

　　我认识一些在美国留学的中国学生，也认识家里有留学生的家长。很多留学生还有家长在来美国之前，打电话问我，美国安全吗？是不是走在街上随时有危险？有什么需要注意的地方？遇到了危险该怎么办？被人欺负了该怎么办？其实，我们生活在这里，没有感觉有那么多的危险，那种可怕的事情之所以会发生，很大一部分原因是留学生不懂得保护自己。

　　我咨询了一些相关人士、社团领导，并查阅了一些网上资料，特别感谢纽约警局的华裔资深侦探伍雅昌和华人社团联席会朱力创先生，根据他们的总结，我进行了一些分析和解释，特发在博文中，可能其中的一些内容比较保守落伍，或许也很中国、很传统，但大家了解无妨，仅供参考。

一、谨慎交友，不要与可疑和危险人物交往过密

对于留学生怎么保护自己，博友@子千子万跪求厂子买人说：保护很简单的，规律生活，不乱晃，固定朋友圈即可。

我个人认为他的话非常有道理。

很多时候，我们都喜欢说身不由己，但其实过什么样的生活都是自己选择的。很多留学生刚来美国的时候，因为手头比较宽裕，而且脱离了家庭的约束，到了美国这样一个自由开放的环境中，难免会把持不住自己，纵情于享乐。

本来，人活一辈子，就要想办法让自己快乐，但也要有原则。

如果结交朋友的时候没有原则，不懂取舍，轻则被损友拖累，重则失去生命。

所以，奉劝大家，以下人士最好敬而远之：

（1）沾上毒品的人

（2）黑社会

（3）贩毒、藏毒的人

（4）违法（中国和美国法律）社会团体

（5）恐怖暴力分子

（6）有变态及暴力倾向的人……

二、不要孤立自己，华人要团结互助，也要懂得融入当地群体

很多华人来美国留学之初，也许托福考了高分，但说起英文却不怎么流利，这可能与语言环境有关。

英文说不好，导致很多留学生不合群，无法融入学校的主流群体。而学业的繁重，疲于应付的新环境，也造成很多华裔留学生即使和本族学生也交流甚少。

自从上次华裔留学生姚某事件发生之后，纽约法拉盛地区的华裔居民开始着重建设华裔互助团体，博文《纽约华人街头守望互助，向"冷漠"说不》里就有一些华人互助的事例，他们的很多做法，都值得大家借鉴。

海外的华人留学生，应该多参加社团活动，多和身边的同学交往交流，同乡之间的情谊更可贵，不应该生疏。发生在加拿大蒙特利尔的武汉留学生林某被害事件当中，要不是林某的华裔同学到领事馆报告林某失踪，案件被发现的时间不会那么早，罪犯就可能逃之夭夭了。所以说，平时多和老乡同学交流，到你需要帮助的时候，才会有人支援。

三、必须懂得运用法律的武器保护自己

美国是法制社会，最讲究法律。几乎所有老美都懂得一出纠纷就说：请找我的律师谈。这也造就了美国的律师多如牛毛的现状。

我想说，不管是留学到什么国家，人往高处走，所以中国人移民留学较多的国家几乎都是法治程度较高的。要不然，谁也不会去

吧。正常情况下，你会到索马里去留学吗？

可是不知道是不是在国内待惯了，很多中国留学生到了美国之后，仍然不习惯用法律武器来维护自己，保护自己。遇到不公平的事，还是习惯忍气吞声。

说到底，还是因为中国留学生对"法治"抱持怀疑态度。比如有一次，我认识的一个学生，在公交车上与一个白人发生口角，结果被对方的人围攻打伤，这在美国应该算是严重的犯罪。可是这位留学生却没有报警，别人问他原因，他却说："就算抓住了又有什么用，他们不会重判的。"他的同乡也说："如果是中国人打了白人，就会被重判。"

他们说得如此确切，好像真的看到过类似的事件，可是问起他们时，又都说不是，只是推断，没有证据。他们就是这样。

我还是要说，法律是保护我们自身权益的最佳武器，特别是在美国。就算真的发生不公平的判决，也应该努力上诉，直到你满意为止。不要轻言放弃，不要放弃自己的权利。如果你连最基本的维权意识都没有，那受欺负就是注定的事。不要总说没有用，不要总拿自己固有的思维模式去想问题，如果连试都不试，当然不可能会有结果。华人忍气吞声已经很久了，现在是时候发出自己的声音，保护自己了。

四、生活中注意细节，遵守以下安全须知：

纽约华人社团联席会，很早以前为了保障各位在美华人的安全，根据以往已发生事故的惨痛教训，以及大家在避免危险方面的成功经验，编纂了以下安全须知，希望能为广大留学生提供安全参考。

（一）日常生活

1. 钱财勿露白；勿将在国内出手阔绰的生活经验带到国外去，以免令歹徒起觊觎之念。出门在外，应体认谦虚务实、入境问俗为要，以确保人身安全。

2. 尽量不要晚上在外面逗留太晚，特别是没有朋友陪伴，必须单独搭乘大众运输系统或单独走路回家的情况下。

3. 尽量利用白天时间熟悉周遭环境，最好随身携带所在地的街道图。随时注意自己的安全。

4. 尽可能与朋友一起出门。除非必要，不要单独行动。

5. 随身携带手机以方便联络。即使没有手机，也应该确定身旁最近的公用电话以备不时之需。并牢记美国紧急求救电话，号码为911（可联系救火车、救护车及警察局）。

6. 电梯

（1）进入电梯前若发觉乘客可疑，则勿进入。

（2）女性若单独搭乘电梯，应靠近控制板。

（3）若遇可疑人物在电梯内，立即离开。

7. 洗手间

（1）使用前不妨先巡视一遍。于陌生场所时尤应做到此点。

（2）宜结伴同行，或请男士在门外等候。

8. 在住所内时的注意事项

（1）勿随便开门。若为陌生人或自称修理电话等，即便有约在先，都应要求来者提出识别证（ID），确认无误后方可开门。

（2）若遇推销员，可婉拒。

（3）勿因来者为女性而减少戒心。

（4）若有外人至屋内修理东西，最好有朋友陪伴，或告知邻居、房东。

（5）外出、夜间就寝前，应检视瓦斯开关、所有门窗是否上锁。

（6）遇可疑人物、车子等情况，应通知警方，切勿好奇介入。

（7）若遗失钥匙，应尽快通知亦有该副钥匙的人，并视情况请房东重新配换新锁。

（8）重要证件宜留复印件，证件号码、信用卡号码都应另外记录下来。一般信用卡公司都有处理遗失卡片的部门，最好将电话号码抄写下来，若不慎遗失，应立刻以电话挂失。

（9）养成随身带钥匙、出门即锁门的习惯，即使散步、倒垃圾也不例外。

9. 外出旅游前

（1）通知邮差暂停送信及报纸，或请朋友、邻居代为处理。

（2）请邻居代为巡视房屋内外、守望相助。

（3）使用定时器操纵屋内的电灯、音乐，布置出有人在家的样子，减少宵小之徒闯空门的机会。

（二）外出乘坐公共交通工具

1. 乘坐地下铁

（1）出门前即预先记好路线及转车地点，并随身携带地图。切记！此地图乃急需之用，各地铁站及车厢内均有地图张挂，因此，非不得已，勿于车厢及街道上张开地图研究。

（2）于非尖峰时间搭乘时，可于非尖峰时间候车区（off hour waiting area）等候。

（3）候车时勿太靠近边缘，纽约地铁曾发生多次乘客被心理不正常者推落月台的不幸事件，所以要注意。

（4）勿乘坐空车厢，中段车厢通常有随车警察最安全。非尖峰时间搭车，找有列车长的车厢乘坐。

（5）车厢出入口旁的位子较易被歹徒下手抢劫。

（6）尽量不要太早或太晚搭乘地下铁。如不得已，可考虑搭出租车，并记下出租车车号。

（7）在车厢内应避免与他人眼光接触，以免被认为怀有恶意（如歧视等）而惹祸上身。

2. 在地铁站内迷路

（1）若搭错线，可在车厢内查看贴于车厢内的地图。

（2）因调度问题或其他因素，会改变行车路线或停开，车上会广播告知乘客，若仍不清楚，可询问列车长。

3. 乘坐公交车

（1）于照明充足的地方等车为宜。若该公车站灯光不足或无其他乘客，应尽量靠近商家或灯光充足的地方候车。

（2）上车后，发觉可疑人物，应通知司机。

（3）若车内乘客稀少，以坐离司机较近位子为宜。

（4）若遇车内有人骚扰，立即告知司机或下车。

4. 自行驾车

（1）开车时务必随时系上安全带。这是安全措施，也是法律规定（Buckle your seatbelt）。

（2）开车前，注意看是否有人隐藏在车内。一上车，要养成马上锁车门的习惯。

（3）停车前先观察周遭环境，勿把车子停在幽暗、人迹稀少的地方。

（4）如果在路上遇到汽车轮胎泄气，把车开到较热闹的地方再停留，准备换备胎。

（5）如果发觉有人跟踪，将车子开到警察局、消防队或加油站。

（6）物品无论贵重与否，一律勿置于车内，以免引起歹徒觊觎而打破车窗行窃。

（7）勿接受陌生人搭便车，勿理会陌生人召唤下车，且车上须准备防御武器。

（8）加油最好至熟悉、安全的加油站。

（9）最好将车停在有管理员的停车场，若需留下钥匙，只需交予能发动引擎的单一钥匙即可。

（10）平时须注意车辆的保养（请参考 http：//www.edu.tw/bicer/chinese.htm 之"汽车的保养与维修"）。

（11）高速行驶时须注意维持方向盘的稳定，若遇爆胎，须先镇定、稳住方向盘，再慢慢轻踩刹车；切忌立刻紧踩刹车及猛打方向盘，以免导致车辆翻覆。

（12）每次计划旅行之前，应彻底检查汽车全部机件及轮胎，汽油也要充足，且事先研究清楚目的地的方向情况（如：夏季到高温地区旅游，必须注意轮胎的胎压减少情形，以免因天热而骤然爆胎）及行车路线。

（13）万一遇公路警察拦下查问，切勿离开座位；不可与警察在言行上冲突，以免犯法律上的大忌。若不服警察开罚单（Citation），可依法另至法院申诉。

（14）在雪地上驾驶，须更加小心，其技巧与方法和一般情况不同。

※切记下列情况绝不开车：喝酒、心神不宁、疲倦精神不济、情绪沮丧、过度激动或无驾照。

※必备之随车救急用品：补胎剂、应急及救急之零钱、备用汽油、长手把螺丝起子以便更换备胎、备用汽车钥匙、充电线、手电筒、胎压计、干粮、急救箱、雪地驾驶备用品（水、防寒手套、警示标志、毛毯、雪地用盐等）。

5. 租车

（1）开车前须先检查车辆的各种状况，若有问题，立刻要求租车公司更换车辆。

（2）租车时以具有人身及车辆保险为宜。

（三）行路安全

初到异地，应及早熟悉经常需要出入的场所及其周围环境，并避免涉及不安全地区。若初次前往某地，应事先了解或向朋友请教该地状况为宜。

1. 日间行走时

（1）走路要有自信。即使迷路，亦应力求镇静，勿将慌张不安写在脸上。

（2）以带少许现金为佳，虽然一些紧急电话不需费用，但可备零钱以应不时之需，用电话向友人求救。

（3）证件则要放在内里口袋等较不易引人注意的地方。现金最好分开放。

（4）如果到大城市观光，相机、摄影机最好放在背包里，不要一边走，一边查看地图。

2. 夜间行走时

（1）有同伴同行为最佳，走行人多及照明充足的街道，避免走阴暗的巷道。

（2）走路时要走在人行道中间，朝与汽车相反方向走。若有人驾车搭讪，可朝与其驾车相反方向迅速离开。

（3）提防陌生人问路，并与他们保持距离。

（4）遇陌生人搭讪，可不加理会，假装听不懂当地语言，从容走开，但以不惹恼对方为原则。

3. 在夜间回到住所

（1）应在到达住所之前备妥钥匙，于最短时间内进屋，并随时注意是否有人跟踪或藏匿在住处附近死角。

（2）若有可疑现象，切勿进屋，通知警方。

（四）逛街购物安全

1. 随时注意周围是否有可疑人士跟踪或注意你。

2. 钱财勿露白。男士应将小钞及大钞分开放在两个口袋里。

3. 信用卡在使用完后要记得收回，且勿同时携带所有信用卡出门。

4. 提防扒手，尤其在电梯里、旋转门间。歹徒通常二人一组，其中一人试图引你分心，另一人则趁乱下手。窃贼以女性居多，作案目标则以男性占大多数。

5. 与街头小贩交易时要小心，并提防在街上主动为你服务的人。

6. 手提箱、皮包不离身。

（五）火灾

1. 预防之道

（1）勿堆积易燃物品。勿堵住逃生出口，窗户亦应保持容易开关的程度。

（2）要事先了解住所附近的逃生路线、楼梯、出口等，并确定没有被用来堆放物品。

（3）要求房东装设油烟警报器。

（4）检查家中电器用品的电线有无断裂等现象。

（5）炉台、炒锅及油烟排气口应防油垢。

（6）避免使用蜡烛。

（7）厨房应备有灭火器，并了解使用方法。

（8）将消防队、警察局电话号码贴在靠近家中电话的地方。

2. 遇到火警时

（1）触动警报以便惊醒所有住户，并立刻报警。

（2）由最近的逃生出口尽速离开。

（3）拉动街上防火警报箱，静候消防人员。

（4）万一出口被火或烟堵住时，留在房内并把门关紧。确定走廊的门关紧后才可打开房内窗户，让新鲜空气流通，并待在靠窗的地方等待救援。

（六）其他

1. 参观大型露天演出、游行等活动时，最好能成群结伴，以降低被下手的机会。

2. 打公共电话时，应小心随身物品。

3. 自动提款机分室外与室内两种。但并不表示在室内提款较在室外安全。应避免在夜间提款，若发觉有异，切勿进入并尽速离去。

4. 随身携带紧急电话号码。

5. 应随身带有小额现金，遇歹徒抢劫、勒索，即把金钱交出，勿做抵抗，以免被歹徒加害。

◆本安全须知由纽约华人社团联席会赞助，这些内容是根据多年前的留学生守则改编，仅供参考！民众可传真或电邮索取。

◆欲进一步了解详情，请洽：纽约华人社团联席会。

Council of Chinese-American Associations

135-25A 40th Road＃3F Flushing NY11354

Tel：718-358-6413 or 917-767-0631

Fax：718-358-6501

E-mail：ccaa. nyc@gmail. com

三、 美国好人多还是坏人多？

看过北美崔哥的一段脱口秀说：

好好的一个中国人，在国内时严肃着呢，一出国就变了，逮着谁跟谁笑。和人笑还不够，见着小猫小狗也开始笑，就跟多善良似的。走进电梯里，那么小的空间，居然和陌生人对眼睛，还装着礼貌地打个小招呼，所有这些所作所为，都不属于我们中国人这个人种，都是彻头彻尾的虚伪。

前 MTV 中国首席代表李亦非女士感慨地说："回国后好久才能适应，才能见到陌生人不对眼睛，不打招呼，不笑，装出冷漠或者狰狞的面孔，才能回到我们中国人的躯壳里。"

我在美国的三个儿子，即便是和我在电话里吵架甩脏字，挂电话时也要走形式地说一句"Love you, Dad."（爱你，老爸）。连我的美国雇员，如果好久没打电话了，也会假惺惺地来一句"Love you, Boss."（爱你，老板）。

在西雅图机场我看到一个金发小女孩，也就五六岁吧，百无聊赖地拉着妈妈的手，无可奈何地跟着；十几个小时的飞机让她满脸倦容，不断地打着哈欠。可是，当她突然看到我一直在注意她时，在目光交错的一刹那，她那打了一半的哈欠戛然而止，脸上马上绽放出笑容，直到我也冲她一笑，目光移开她的目光，她才又开始继续她的哈欠。

一个五六岁的小孩，都知道下意识地对陌生人展现自己的微笑美好和灿烂。这是出于对我的尊重吗？还是为了保护她自身的尊严？

崔哥的话，总是能让我深有感慨，又啼笑皆非。他说的很多事，都是我们这些生活在美国的华人所熟知的生活细节。

美国人友善，对任何人都是，但要问我美国人好人多还是坏人多，我也说不上来。我只能以我的切身经历来告诉大家，大多数美国老百姓，都是善良的人。

腿受伤时在美国处处感受到温暖

2012 年秋季，我们在纽约朋友的森林里玩打猎，我从打猎吉普车上被甩了下来，脸着地，搓了一段路，到现在还有一块明显的印疤痕，脚踝受伤骨折，中国话说："伤筋动骨一百天，要好好养着"，我成了客串残疾人。

受伤的头三个月里，一直在美国，那是伤势稍微好转自己可以出门的时候，到哪里都还要拄着拐杖，很不习惯。但周围那么多陌生人，给我的体贴和周到让我很感动，谢谢这些周到的贴心，残疾人在路上也没有那么的困难。

有一次，我从皇后区坐地铁去曼哈顿办公室处理点公事，还在地铁上就发现有人一直跟着我，不远不近，但总是看得见这个人。

刚开始我有些害怕，以为是坏人。但仔细看过之后，发现这个人不像坏人，而且青天白日之下，在公共场合，应该不会有什么事。所以好奇心战胜了胆怯心，就想看看这个人到底有什么意图。

终于我到站了，下车之后上台阶，这个人马上冲了过来，扶着我说：你行动不便，又独自一人出门，我就一直跟着你，看你是否需要帮助。

我顿时又感动又惭愧，人家那么热心地想帮我，我还以小人之心度君子之腹。

上了楼梯，我说我的办公室就在前面，多谢他的帮忙，也请他有事的话尽管去忙自己的事。

他还不放心地说，不要紧，可以送我到办公室。

在我百般感谢并表示没有大碍之后，他才离开。（大家不要以为他是想追求我哦，他并未透露出这种意思，而且也没有问我电话号码。）

新年里那永生难忘的 10 美元

虽然这件事已经过去，虽然只是 10 美元，但每一次想起，都会让我感觉很温暖，也给了我一个帮助别人的美丽的理由。

那是多年前新年里的一天晚上。

朋友约好一起到新泽西州吃晚饭，当时正下着雪，他们开车到纽约接我不方便，我自己也不想开车，从这个方向去的人只有我一个，没有顺风车，于是我打算乘火车前往。纽约的冬天，天黑得很早，5点已经全黑了。我换好衣服，也顺便换了一个包，先从皇后区坐地铁到曼哈顿转车。

快到曼哈顿时，我才突然发现，因为换包和衣服，除了地铁月卡外，我没有带一分钱，也没有带信用卡。天哪，怎么办？倒回去拿钱？已经离家远了，倒回去会耽误很多时间，朋友们都在等我。我很懊恼，拿不定主意。只好先到 34 街，Penn station 下车了。到底该怎么办呢？干脆不去了？总不能这样就打退堂鼓吧？这好像不是我的性格，办法总比困难多嘛。

先在 Penn station 打电话给朋友，探听一下情况，如果可以推掉，就不去了，没好意思说钱的事情，他们在那边等，一切都准备好了，他们会在那里的火车站接我，然后直接去吃饭的地方。还告诉我，我们要去的那家，主妇是西班牙裔，很热情，准备了很多海鲜和他们国家的特色菜，也邀请了不少人，就我一个中国人，所以一定要去。

于是，没办法还是决定去。

剩下就是怎么坐火车的问题了。

怎么办？找人要钱？当叫花子？

这时，看到一家车站旁边的小卖部，收拾好心情，我郑重地向小卖部的小伙子说明了情况（嘿嘿，人就是这样，就是当叫花子也得体面一点）。看到我不像是乞讨的，小伙子说他身上没有现金，也不能拿店里的钱，于是叫来经理，一位印度中年妇女。她打量我一阵，我心里直打鼓，要知道，在美国的城市中，纽约本来就是比较另类的城市，人们普遍认为，纽约的人情味比其他城市都淡。

我发誓说第二天回来时一定还给她。也许这里是车站，她见多识广，这种情况见多了，她一副若有所思的样子，问我，你到底需要多少钱？我说不准，拿出那个地址给她看，她也不知道。我赶紧说可能几美元就够了吧。

她想了想，叫来她的另一个员工，两人用我听不懂的语言嘀咕一阵，转过来跟我说，她有票，直接用她的就行了。

于是，她带我到了进站口，在警察的帮助下（在纽约用别人的月票是违法的），我进了站，特别感谢她，不是用轻描淡写的"Thank you"，而是用"appreciate"，尽管这张票价只有1.25美元。

车是到新泽西的Path，记得朋友说的好像不是这个车，应该直接坐到新泽西的火车，可是这时手机已经没信号，打不通电话了。于是，我怀着惴惴不安的心情踏上了旅途。

火车上有一个业裔女生，在国外很自然就会向自己的同类靠近，不知道她会不会中文，我们用英文聊天，她告诉我，可以坐这个车，可是要到我去的地方，还要转车才行。也就是说，我要再转两次车，而且要出站。

要出站，就意味着我要另外买票，要另外买票就要花钱，偶的神啊！你在哪儿？

在那位好心的女生仔细地指点我在哪里下车，她还很不好意思地翻开钱包，证明她没有现金，否则她肯定给我。她下车时，我们挥手告别，互祝新年快乐。

我在那位华裔女生告诉我的那个地方等转车，转车不用花钱。

可是想到还要转另外一条线才能到目的地，我眼都绿了，看见什么纸头都在想那是不是美元，钱啊钱，平常不觉得，几美元有什么了不起，现在才知道多么重要。

这时，一位看上去像南美洲来的西班牙籍妇女来到我面前，告诉我在哪里下车，再转车，她打开钱包，给了我 10 美元。

我还没有回过神来，因为我没有跟她说过话，也没有跟她要钱，真是感激万分，忙不迭地跟她要姓名、电话、地址，说一定会把钱还给她。

原来，她就坐在那位亚裔女生旁边，听到了我和那位亚裔女孩的对话。

她满面笑容，轻轻地说，不要客气，出门在外，总是会遇到困难。

彼时彼刻我的心情，不说你们也能知道。捏着 10 美元，我给了她一个紧紧的拥抱，祝福她新年快乐，本来还想说几句感谢的甜言蜜语，她匆匆忙忙走了。

我目送她出车站，心里是满满的感激和温暖，"世界是美好的"……

到了转车的那个车站，车票花了 7.5 美元，剩下的我还可以买一杯咖啡。坐在候车室，外面大雪，很冷，心里却是那么温暖。

美国人经常说，"You make my day"，意思是我一天都很开心，我想的却是 "She makes my year"，在新年里，遇到她，让我一年都很愉快。

平心而论，我从来不吝啬自己的爱心，在有能力帮助别人的时候，我都会伸出援助之手，在纽约的地铁里，有人在车厢来唱歌要钱，或者学生们来卖东西，每次我都会毫不犹豫给钱，感受那种因为别人的获益而享受着小小的幸福。

其实，很多时候不是钱的问题，是感动与世界上人与人之间的那种温情和信任。

可是，当面对不知根底的陌生人，会忍不住抛出那套"害人之心不可有，防人之心不可去"的理论，用怀疑与猜测将些许的爱心紧紧包裹，殊不知，那坚硬的外壳伤害了多少像那时的我那样真正需要帮助的人。

如果，社会上多一些这样的人，或许，那些害人之心也会渐渐被纯净。果真如此，世间，该是多么温暖的一片天地。

四、 美国导盲犬感人泪下的故事

纽约 7 月里的一天，我要从曼哈顿坐车到另外一个地方去，在中央车站买票上车。恰逢暑期，旅游的人很多，好像全世界的人都跑到纽约来了，曼哈顿不论白天晚上，都是人潮汹涌。而且，那天还是周末，纽约中央车站更是人多。

在这个据说是世界最大、全美国最繁忙的交通中枢车站里，川流不息的人们，或拖着大件行李，或眼睛只顾着看手机屏幕脚下却步履匆忙，或站立着看电子公告牌，还有人就地而坐等着进站……

要在这样的人流中穿行，其实并不是一件容易的事。可是，就在我排队之时，却看见一个戴墨镜的人牵着一只狗，从人群缝隙中穿行过来，没有磕碰，没有阻碍，整个路程好似行云流水，一气呵成。颇有点武侠片里，那些山外高人的气概。这一人一狗，并没有走到我们这个队伍里来排队，而是直接走到售票口买票。刚开始，我还有点气愤，以为是个插队的人。后来却看到他的狗和宠物狗不一样，套着架子，才意识到，这就是常听说的导盲犬。

原来这就是传说中的导盲犬，以前在美国的大街上也看见过，只是从来没有机会如此近距离地接触。只见那狗一直乖巧温顺安静地站在主人身边，不像一般狗狗那样东张西望，也不像一般狗狗那样活跃，更不会撒娇、耍宝。

它看起来好像很累，一直张着大嘴喘气，哈喇子都顺着嘴角流了下来。我们排在后面的人都想给它喝水，但又怕干扰它和它的主人。

因为在美国很多人都知道，街上碰到导盲犬时不能哄、不能摸、不能给狗狗喂东西吃，那样会干扰导盲犬工作，还有可能会导致盲人面临危险。所以，我们只能心怀不忍地看着狗和它的主人离去。

那一瞬间，我鼻子酸酸的，有一种想流泪的冲动，心里有一股说不出的对导盲犬的怜爱和崇敬。如果不是亲眼所见，我很难想象导盲犬与主人之间的那种默契和信任，也很难想象导盲的工作对一只狗来说，是多么得不容易。

一个盲人，带着一只狗，就可以行走于都市之间，不再惧怕呼啸而过的车流，不再被高楼电杆阻碍，也不用再害怕被都市里只顾着玩手机的行人冲撞……这种改变，恐怕只有有过残障经历的人士才能体会到。

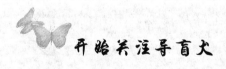

开始关注导盲犬

自从《导盲犬小Q》走红之后，人们开始关注导盲犬。我以前在中国的时候，对导盲犬基本没有概念。中国的盲人，一般在我脑海里的印象就是，手拿拐杖，眼戴墨镜，伸出左手，边摸索着边走。而很早以前，国内基本没有所谓的盲道，其他残障设施也不健全，所以在我出国之前，眼盲的人，是极少出门的。

到了美国之后，我才知道原来狗狗还这么有本事，可以导盲，还可以帮盲人做很多事情。

因为我一直很喜欢狗，也一直很关注狗，遇到可爱的狗狗，总会忍不住逗一逗，和狗的主人聊天，也因为这样交了一些喜欢狗的朋友。关于美国人与狗，在我的新浪博客里，也有一些博文：《守卫国家大门的检疫犬们》《狗狗们在美国家庭的美好待遇》《美国如何避免人与狗的矛盾》。不过，我真正开始关注导盲犬，却是上文提到的在纽约中央车站亲眼见到导盲犬之后。

 ## 它是他的眼，带他领略世界的精彩

我曾看过一位盲人谈起过他第一次带着导盲犬走出家门的感觉："我们穿越最繁忙的街道，这条街真是嘈杂得出奇，各种声音鼎沸震耳，犹如走进了一堵由声音筑成的厚墙壁。一阵震耳欲聋的吼声轰然而过，还伴着一股热空气旋风般刮过，这告诉我，一辆高速的大型货车开过去了。

它在前面走走，站站，倒退，再次朝前走，再次往后退……如此重复我失去了东南西北的方向感觉，只得完全依赖它。我一辈子也忘不掉这漫长的3分钟！各种货车轰鸣着穿梭往来，出租汽车把喇叭声不住地灌进我的耳中，最终到达了马路对面的人行道后，我马上弯下腰去，紧紧地拥抱它，告诉它，它是最好的好姑娘！"

导盲犬的任劳任怨、忠于职守、忠心耿耿，这些品质让人无比的敬佩：它们总是尽忠职守地为主人服务，是专为黑暗世界里的盲人带来光明的天使。

《英国每日邮报》报道了一位盲人跟他的导盲犬的真事。导盲犬与主人共事 7 年形影不离，但在有一天外出 200 多公里后出现异常，途中主人感到它身体不适，一直担心，但导盲犬坚持带主人换乘列车，安全走过人行横道，最后送回家中。当主人松开绳子的那个瞬间，导盲犬一头栽倒，后经医生诊断，它殉职于癌症晚期。

美国导盲犬的英雄事迹

在美国，导盲犬享受到很高的评价与真诚的爱戴。美国的公交车上有时可以看到训练有素的、温顺、驯服的导盲犬，引导失明者按顺序上车，导盲犬在主人落座之后就会服服帖帖地趴到主人脚边，或者是钻到座椅的下边尽量不妨碍其他的乘客。导盲犬从来不发出喊叫声，对主人也只是以自身的力量来暗示前后左右引导进退出入。

看过一篇美国媒体的报道，说导盲犬是如何为主人测量身高躲避风险：

"路上走到一个地方，我的导盲犬领着我往右拐了拐，然后又依旧朝前走，当时我有点纳闷，左边并没有人或什么东西挡着路呀，它为什么要这样拐弯呢？可是当我举起手来，却发现在相当我眼睛的高度，我的手碰到了一座布篷的铁架。如果没有它，我的脸一定要撞上铁架了。我想，如果这条狗独自行走，它几乎不会去注意离它那么高的布篷铁架，但在领着我走路时，它的眼睛就以我这 1.82 米的身高来衡量一切，它真成了我的眼睛了！"

在纽约，也流传着很多关于导盲犬的感人故事。

2001年，"9·11"事件中，有一位机械师里维拉，就是被他的导盲犬托普斯所救。当时他正在第71层的办公室里，当恐怖主义分子袭击世贸中心大厦时，他一下就懵了，非常紧张，他的导盲犬托普斯出去了一下，然后立即回来拉他，他本来想等一等大厦的紧急通知，但托普斯坚持拉他离开办公室。

在步行走下消防楼梯时，这位机械师全靠同事以及他的导盲犬托普斯保护。他们大约用了70分钟才走下楼，然后一口气跑过无数个街区，托普斯一声也不叫，一直从容地带着他跑，就和平时一样。但他觉得它可能知道发生了什么。维拉最后对媒体说："我可以幸存下来和我的家人团聚，这要感谢上帝，也要感谢帮助我的人，更要感谢我忠实的导盲犬托普斯。"

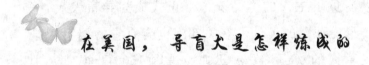

在美国，导盲犬是怎样炼成的

【美国导盲犬的挑选与训练】

导盲犬的先决条件就是稳定、温和、服从、守秩序，前两者来自先天个性，后两者来自成长环境与训练。经验证明，德国牧羊犬、拉布拉多猎犬和金色猎犬，最有希望成为导盲犬。它们性格温顺，能吃苦耐劳，可以成为盲人忠实的朋友。

导盲犬的训练是一项艰巨的工作，在美国有一些专业的导盲犬训练师和学校。挑选出来的狗会先送到寄养家庭里去代养。在寄养家庭中，幼犬被照顾并且接受社会化能力的训练以适应作为导盲犬将会面临的环境。当小狗长到 4 个月时，便开始在中心训练师的指导下，由代养者对其进行最初步训练，如向狗发口令做动作，让它坐下、起立、过来、前进等；要定期带狗到街上去，使它们适应各种交通情况及噪声环境；要教它们认识各种人行道、交叉路口、各种正常及异常的交通情况。

在美国很多地方，按法律规定主人可以去的地方，导盲犬都可以随主人去，所以可以带它上火车、汽车、飞机等各种公共交通工具及进入各种商店及超级市场等。

接受导盲训练的狗狗，要经过层层的基础训练与挑选才到专业训练阶段，仍有近 50% 遭到淘汰。其中大部分会被转到其他服务犬或搜索犬的项目中去，也有少数不合适各种训练而让一般人家认养。

最后毕业的导盲犬是否能够胜任工作，会有相关部门进行审核考证，因为导盲犬肩负了主人的生命安危。正式成为导盲犬后，狗狗会有一张类似"身份证"的证件，有关部门也会有它的档案记录。导盲犬在美国深受盲人的欢迎，发展迅速。美国 1500 万视残者中，导盲犬使用者已经达到 8000 人。

【在美国如何申请一只导盲犬】

想要拥有一只导盲犬，首先要提出申请，每个导盲犬申请者都会经过面试并接受对其家庭及工作环境的评估，然后，他们将被列入等待导盲犬的列表中。

训练中心批准以后，此人需要到训练中心接受约 1 个月的训练，吃住都在训练中心，而且导盲犬要陪伴主人，与主人生活在一起，一方面培养与主人之间的感情，另外中心的专业人员也要指导新的主人如何照顾该导盲犬，在相互爱护、尊重的基础上，导盲犬和它的主人发展了深刻、直觉上的合作关系。

在中心，主要是训练主人如何使用导盲犬，接待中心工作人员认为接收导盲犬的主人已达到训练标准时，才允许把导盲犬带走。训练中也会出现不理想的情况，人与狗无法相处，不能成为好朋友。此时，训练师要重新组合，人与狗另行搭配。

如果多次组合不成功，只好宣布训练失败，不过这种情况并不多。

【美国导盲犬的一生】

美国那些被挑选出来的准导盲犬在 7～8 周大时，导盲犬训练学校会把它们送到愿意收养的家庭代为饲养。现在美国大约有 800 个这样的家庭，有的是免费代养，有的是学校给收养家庭一定数额的津贴。小狗生了病，学校负责医药费。连牵狗用的皮带或链子，学校都负责供应。

对寄养家庭，学校也有一定的标准。代养的家庭也要接受一定的培训，学会如何在平时的生活中训练、饲养导盲犬。而且一般的收养家庭每月开两次会，学校听取汇报，检查小狗的健康，审查小狗是否顺从，纠正收养者给小狗不恰当的指令等。

等到小狗 18 个月大时，它们全都被领回学校接受基础训练。及格的狗狗会再接受约半年的集训，毕业后的导盲犬必须再与视障者候补饲主在协会内进行至少 4 周的集训。一天 24 小时都跟候补饲主同起同坐，很多候补饲主会在这个阶段禁不住严格训练而自动弃权。

因为即使是全盲，也得学会为狗狗洗澡、梳毛、喂饭、处理粪便等。办不到的话，无法与狗狗建立"相依为命"的信赖关系。

有些寄养家庭忘不了狗狗，会一直等那狗狗完成导盲任务，老了，眼睛不好了，再领它回来，让它在小时候生活的场所养老。这期间通常已分别 10 年以上，有些寄养主人甚至会一直保存着狗狗小时候睡过的毛毯或用过的碗盘。

五、 美国富翁们的烦恼与担忧

刘先生和刘太太带着儿子刚移民到美国，16岁的儿子正处于"名车控"阶段，看着纽约街边时不时驰过的豪车名跑，显得有些不太适应："美国人真有钱，美国富翁真多！"

有一次，小刘先生问我："娓娓阿姨，比尔·盖茨开的什么车？"一下子就把我给问懵了。

不可否置，美国是个富裕的国家，即使这几年经济危机，美国财政紧张，但也像中国古话说的"瘦死的骆驼比马大"。

这个国家有钱人太多了，而且很多都是经过几十年的积累而成的富翁，底子比较硬。

而且，他们很多都"不把钱当钱看"，喜欢捐款。世界首富比尔·盖茨夫妇成立了一个基金会专门向社会捐款，他们捐出的钱挽救了很多人的生命。前不久比尔·盖茨宣布退出微软管理层，比尔的好友，第二富翁巴菲特立刻把几百亿的家产一股脑扔给比尔，言下之意是："反正你退休清闲，干脆帮我把钱捐出去。"

美国富翁的日子过得很滋润，不过呢，他们也有他们的烦恼，他们的烦恼就是担心未来。

美国富翁们担心富不过二代

在美国，年收入 10 万至 100 万美元之间的家庭，对于经济一直比较担心。

对美国一些家庭来说，金融危机最明显的表现就是过去三至四年间，父母关注到无法为子女提供更好的条件。

父母总是关心能否为孩子提供教育、经济的忧虑。

许多人说："我不知道能否为下一代提供一样的环境，像我一样好的生活。"这是现时美国相当显著的变化，上一代的生活，比下一代更富裕。

这种关注也延伸到百万富翁，其中 57％的人说他们担心后代的未来，相对去年 69％的比例已经大幅下跌。

去年，七位数身家的美国家庭增加至 860 万，不包括其拥有的房地产。

金融危机付出沉重的代价，2008 年新崛起的百万富翁人数下跌 27％。不过，从那时起，百万富翁已连续三年增长，即使是经济缓慢增长期间。

2011 年百万富翁人数增长率只有 2％，仍然没有回到衰退前的水平。2007 年，全美有 920 万个家庭拥有 100 万美元的资产。

富翁们担心 "美国梦" 难以实现

在美国，越来越多的富户担心难以实现"美国梦"，70％超过50岁的富户担心储蓄不够退休。

当然，谈到退休，虽然最富裕的家庭感到有足够的资产退休，然而，他们仍然关注退休问题，以确保每月有足够收入。

其中主要原因是住房危机，报告指出住房市场反弹是经济关键的一个迹象，对于百万富翁的家庭来说，即使没有直接的影响，持续的高失业率和住房市场低迷，仍然会影响富户的未来信心。

百万富翁并不是没有担忧，大约60％的人说，他们担心配偶或家人的健康，58％的富户说，他们担心如何保持其财务状况。近一半的人说，他们担心没有足够的钱退休。

富户另一个担心就是，他们更容易被政府审计税收，根据国税局公布的新数据，总体而言，美国1.1％的纳税人被查税。但是，年收入100万或以上的纳税人，12.5％被进行查税，相比2010年的8.4％，明显增加。

富翁们很担心政府未来的福利

现在移民美国的人越来越多，尽管很多人刚刚到美国，但只要拿到美国的合法身份，就可以享受美国的一切福利待遇，甚至没有合法身份，也同样可以享受美国的社会资源、自然环境，哪怕没有为美国做过什么贡献。对于这些"占便宜的人"，有些富翁很有意见。

一位45岁的富翁很气愤地说，他15岁就开始打工，为美国政府上税，而那些刚刚来美国还没有上过一天班的人，却享受和他一样的社会服务和社区、社会设施，甚至更多。他是富人，为保障这些人在美国享受政府给的待遇，还要继续上税，所以他担心美国被占便宜。

有这种担心的富人并不只有他一个。美国有些富翁担心全世界的人不断地来到这里，美国政府的福利会被提前消耗，到老的时候，政府没有足够的保障，尽管辛辛苦苦上了一辈子的税。

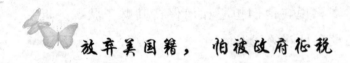

放弃美国籍，怕被政府征税

根据美国国税局的最新报告显示，今年第一季度，有499名美国人放弃美国国籍。尽管这个数字在美国3亿总人口中不值得一提，但引人注意的是，最近几年放弃美国国籍的人数呈直线上升趋势。

2004年至2008年5年间的第一季度，放弃美国国籍的平均人数为115人。2008年、2009年、2010年，每季度放弃美国国籍的平均人数分别为58人、186人和384人。

今年第一季度和2008年的平均数据相比，放弃美国国籍的人数增加了近9倍。

尽管对于这些人为什么要放弃美国国籍、他们是什么人以及离开美国后都去了哪里，目前都还没有确切的答案，但是有专门帮人移民海外的美国律师称，他们中大部分都是拥有双重国籍的富人，移民到哪个国家的都有。

富翁们担心奥巴马 "杀富济贫"

富人越来越担心美国未来的财政方向。

奥巴马总统经常"杀富济贫"，有钱人无疑会担心奥巴马连任后，为了解决他所面临的糟糕的预算问题而推出更加严格的税收政策。

事实证明，美国富人的这种担心并非"无中生有"。

奥巴马政府个税一直是向低收入者倾斜，而有钱人多交税，对于同样收入，家庭经济负担重的少交点，家庭经济负担轻的多交点。

去年，奥巴马曾全力推动"巴菲特法案"过关。

巴菲特条例是以美国著名亿万富翁巴菲特命名的一个税收条例。

其核心内容是一个年收入超过 100 万美元的家庭不应当支付比一个中产家庭更少的税收。

要求这些年收入超过 100 万美元的家庭要交纳 30% 的所得税。

这年头，赚点钱都不容易，地主家的余粮也不多啊，奥巴马还总想做侠盗罗宾汉，你说富人们能不担心吗？

六、 税收，美国民众的头等大事

我时常喜欢拍一些带有价签的图片，放在博客里，这样可以很直观地告诉朋友们美国的物价。看完后，朋友们时常惊呼：美国物价这么便宜？

过不了多久，朋友到纽约来旅游，吃完饭之后结账，开始抱怨：你说很便宜，原来是没算税钱和小费的"裸价"！（在美国每次消费时除了商品的本身价格之外，还有一部分钱是税钱。）

我赶忙安慰：别着急，这钱是可以退的！

别以为我是在撒谎哄她，这是真事！

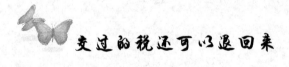

交过的税还可以退回来

都说美国的税比较重，而且税法又严格，客观地说，这是实情。

刚到美国的时候就听过这句话："世上只有两件事你逃不过：一件是死亡，另一件就是缴税（Nothing is certain but death and taxes.）。"

不过，美国政府的确是在为民众办事，税收用在什么地方也是看得见的：公共设施、养老福利，等等。政府拿了钱，其实也谨小慎微，生怕哪位大爷又站出来喊：你们这是在浪费我们纳税人的钱。在美国，"纳税人"可是很牛的。

一般我们个人说的缴税，就是个人所得税，估计很多人都不会陌生。每次发工资，都能看到一个减号，得到的越多，扣掉的也越多。

"我想让每个美国人知道，我们会重新制定税法。个税申报程序将更简便，每年4月15日也不再是一个让人害怕的日子。"奥巴马2009年竞选时曾经利用"报税日"造势，为众多美国人争取减税（看来大家对这件事都很头痛）。

美国的税收总体上来说，对于低收入者，减免部分没有上限；对于高收入者，减免部分则有上限。

其实再说明白一点，现在奥巴马政府个税是向低收入者倾斜，而有钱人多交税，对于同样收入，家庭经济负担重的少交点，家庭经济负担轻的多交点。很有点"劫富济贫"的意思。奥巴马更是要富人多交税，标准的"劫富济贫"。

关于美国税收的一些鸡毛蒜皮的事

起征点

老美交税，也有"宽免额"，相当于中国的"起征点"。

和中国不同的是，这个"起征点"是不固定的，一般来说，大概是年收入在 7500 美元以下免征。不过在美国有正常收入的人，都会超过这个数字，所以才会说：逃不过缴税——几乎每个有收入的人都必须缴税。

免税和退税

在美国，因为每次你消费的时候除了商品的本身价格之外，还有一部分钱是税钱。每次交税，都会有凭证。这些消费掉的钱就可以退税。也就是如果你挣了 100 万，用掉了 90 万，就只上 10 万的税。

平常是每个月发工资时要扣，年底时有不少退回。

还有许多开销是可以免税的，比如说：医疗养老保险中个人缴纳的部分、股票损失（提交相关证明）、搬家费用（要超过 50 英里，并提供凭证）、慈善捐助、医疗开销，还有个人偶然损失（比如说丢了什么东西）、教育费用（孩子学费，或者自己去接受再教育）、买房子要还的贷款等。

所有七七八八的收入和支出，平时都要留着工资单、消费凭证什么的原始记录，到了年底翻出来。而你的雇主、银行，届时也都会给你寄一份全年报表——厉害的是，他们同时也会寄一份给国税局。

说是退税，实际上是报税。如果交的不够还可能补税。每年报税，就是把报税材料直接上交到税务处理中心，每一份在收到后 90 天内要有结果。

报税的时候，夫妻可以单独报税，也可以按家庭报税。如果有孩子，还可以减免。

还有一点，美国承认海外报税，如果你是美国公民或者拿美国绿卡，居住在其他国家，你在居住国报税以后，可以不在美国报税。

报税截止日

每年 4 月 15 日是美国报税的"截止日"，"Deadline"直译是"死线"——年年的报税截止日对美国人来讲可不就像"死线"吗？4 月 15 日，大小报纸头版和网站首页上的粗体大字咄咄逼人：今天是报税最后一天！据统计，这一天是美国人全年中请病假不上班人数最多的一天。

怎么减免呢?

这个问题很专业也比较复杂，我高娓娓大大咧咧，糊里糊涂，因为这篇稿子，特意咨询了会计师，然后查了一些资料，现在举出一个这样的例子：

以一个平均年收入为 5 万美元左右的家庭来算。如果一对夫妇没有孩子，其中一人收入 3 万美元，代扣 3000 美元（10%），另一人收入 2 万美元，代扣 2000 美元（10%）。

那么他们 2010 年报税计算为（美元）：全年总收入－标准减免纳税额度数字－个人纳税减免数字（2 人）＝应纳税收入，即 50 000 －11 400－（3650×2）＝31 300。按照美国国税局的计算，那么他们要纳税 3835 美元，已经代扣了 5000 美元，减去应缴税数字，年度退税 1165 美元。

如果有两个未成年的孩子，那么就变成：全年总收入－标准减免纳税额度数字－个人纳税减免数字（4 人）＝应纳税收入，即 50 000－11 400－（3650×4）＝24 000。他们只需缴税 2766 美元，最终年度退税 2234 美元。

另外，如果这两个孩子都不足 16 岁，那么抚养他们的父母（监护人）还可以获得儿童抵税金额，每个儿童最高可达 1000 美元。按照奥巴马实行的给参加工作人员免税的新政策，今年这对夫妇还能免税 800 美元，所以，他们原来代扣的 5000 美元不仅都退了，联邦政府还要额外多给他们 34 美元。

申请退税的时候会填很多表格，假如你的退税申请符合规定，那退回的税金就会自动打到你账户中。

看明白了吗？不明白就再看一遍吧，反正高娓娓我是看了这些数字就头疼想偷懒。

会计师

为了拯救我等"数字白痴"型人，会计师们乘着七彩祥云来到我们身边。

美国不仅仅公司会聘用专业的会计师，私人也有自己的会计师，这些报税退税的繁杂手续，我们都习惯交给他们这些专业人士处理。虽然收费不菲，但好在省事。而且，会计师一般是负责到底，假如给你报的税有问题，他也会被联名承受责任。

也有人的收入和税收比较简单，能自己处理填报，就会自己把材料整理好，到邮局去邮寄资料。

美国人都不愿惹的国税局

美国安分守己的老百姓，依法纳税觉悟之高，有目共睹，大家费尽心机琢磨的都是合法少交税的途径。每年到了这个季节，各团体也竞相举办各种省税讲座，教人们怎样合理避税，还要标榜主讲者是资深报税会计师，甚至是退休的前国税局某某主管。

不过合理避税也得小心一点，可别撞在国税局查账的枪口上。

国税局每年按一定比例抽查个人所得税，所以寄走税表、支票之后，那些原始单据一定要保存好。等候国税局抽查时交验。因为你说不定什么时候就会被抽到，以前没查，不等于今年不查，更不等于今后不查。真要查出谁有问题，罚款还在其次，从此就上了国税局的"黑名单"，今后抽查的几率便会大大增加，多少年得夹着尾巴做人！

被调查的人，只能老老实实配合调查，没有别的路可走。如果你企图贿赂税务调查人员，就会被对方立即写入调查记录，更是罪加一等。而一旦被查出确有偷税行为，你社会记录的信用度就会被记上深深的一笔，做生意找不到合作伙伴，向银行贷款变得十分困难。同时还要承担相应的法律责任。

七、 美国总统选战靠女人拉票拉钱？

几年前，我在纽约认识了一位中国学生，他叫吕轶舟，是北京大学政府管理学院的硕士，通晓英语、越南语与基本日语会话，酷爱阅读，擅长写作，尤其喜欢写时事政治评论，是个帅气阳光、成熟谦逊、喜欢政治、志向远大的"80后"。轶舟立志走向哈佛大学，经常利用假期到美国，在联合国，在美国各个部门实习，2010年在纽约民主党议员马洛林办公室实习，亲身经历美国民主选举、拉票的过程。

实习完之后，他对美国人对政治、对选举的热情非常感叹。其实，美国人对选举的参与热情，在我刚来美国时就领教过。每次一到大选年，报纸、电视铺天盖地都在讨论总统选举。平时生活中，不同党派的美国公民对骂对方党派的总统竞选人。朋友见面聊天，也离不开这个话题。

在美国选举是一件浪烧钱的事。这些钱大部分都是靠候选人的支持者捐款而来。这就意味着，谁能拉到更多的捐款，谁在竞选之路上胜算就更高一些。捐款多少，虽然不是决定胜负的主要因素，但也是个浪关键的因素。而这个关键因素中的关键点，就是女人，或者说就是总统候选人的太太：她们的魅力有助于筹集竞选捐款，两党竞选团队都不约而同地将她们称为竞选活动的"巨大资产"。

"拥抱队长"与贤妻良母，谁更"值钱"？

2012 年，奥巴马和罗姆尼很忙，他们的夫人也没有闲着。两位资深美女用各自不同的方式为丈夫加油助威，她们不但能说会道，还要会打扮。两位夫人在前两次演讲中都以"爱"贯穿始终，为丈夫塑造更亲民的形象。这样才能招来更多的选票和更多的捐款。

四年前，奥巴马·米歇尔成为第一夫人，那个时候的她稍显青涩，在很多场合说话也不是那么得体，很长一段时间她被称为"满腹牢骚的女士"（Mrs Grievance）。如今，米歇尔可以说已经破茧成蝶，成为了深受民众欢迎的"拥抱队长"（hugger-in-chief）。

2012 年的奥巴马竞选活动，米歇尔异常忙碌，可以说奥巴马走到哪，她就跟到哪。从 4 月至 9 月，米歇尔共出席了 70 多场募款活动，忙得她自嘲有时候会忘了今夕是何夕，但她的努力取得了回报，她用热情的拥抱攻势征服了许多选民的心。

有媒体说："她张开双臂抱住对方，像是拥抱久违的朋友而不是素未谋面的选民。"在以往的访谈中，米歇尔还爆料奥巴马回家乱扔袜子等生活中的事情，大显奥巴马的可爱亲切。

米歇尔这个招牌式的"拥抱"往往引来大批民众排队等候。她1.8米的身高给予人高不可攀的感觉，以及她第一夫人的身份予人

遥不可及的距离，在她一拥一抱之间霎时化为乌有。

2012 年 8 月，奥巴马阵营的筹款额达到 11 400 万美元，首次反超罗姆尼。

相对于米歇尔的女强人姿态，罗姆尼夫人安更像是个贤妻良母。她 19 岁就和罗姆尼结婚，打理家庭，并养育了五个儿子，从来没有踏入社会工作，是标准的贤妻良母。

安对于自己作为贤妻良母的评价是："相信我，这工作并不简单。"

由于患有多样性硬化症，安无法像米歇尔那样频繁地出席竞选活动或筹款，但 2012 年来，她也出席了 37 场募款活动。

63 岁的安养育了 5 个孩子，是贤妻良母也是得力助手，可谓"出得厅堂，入得厨房"。

在共和党预选期间，安几乎会在每场预选结束后的集会活动上

负责介绍她的丈夫。罗姆尼的竞选团队指出，有安在的场合，平时看起来有点木讷的罗姆尼就会显得较有自信。

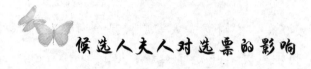

候选人夫人对选票的影响

两位夫人分别是奥巴马和罗姆尼的坚强后盾，但她们可以在多大程度上影响选民的决定，就不好说了。专门研究政治学的学者认为，候选人的配偶可能受选民喜爱，但她们不会直接影响选票。

的确，毕竟没有美国人会因为喜欢某个候选人的妻子而支持他当总统。不过，一个好的候选人配偶会让选民更热衷参与竞选募款活动、参加集会等。换句话说，她们可以激励原本就已喜欢某个候选人的选民，更积极参与竞选活动。另外，有一些选民是根据政党或某个关键课题去投票，但还有相当一部分选民是依据自己对某个候选人的感觉来投票。在这种情况下，这种"感觉"在很大程度上就得看候选人的妻子了。换句话说，对一些立场不是很鲜明的选民来说，有可能是看谁的妻子更顺眼，就投票给谁。

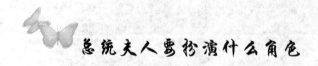

总统夫人要扮演什么角色

第一夫人的主要工作就是向民众传达有关总统和其政府的感性心理信息。米歇尔有效传达了这样的信息：她和奥巴马是一对现代、中产阶级、受过良好教育的夫妻，他们把大多数美国人熟悉的价值观带到了白宫。

相较之下，罗姆尼夫人的光芒似乎没那么耀眼。不过，如果罗姆尼当选，安还是能够胜任第一夫人的工作。第一夫人不是一份有很多重要职务的"工作"，她的地位更多是象征性的。

有一次，罗姆尼偕全家去公共海滩度假，在此之前，罗姆尼太太刚刚与罗姆尼出席了正式活动，活动上她珠光宝气，打扮得雍容华贵，但是几个小时后就迅速更装，来到了海滩，以至很多海边度假的人都没有认出他们一家。63岁的罗姆尼·安，身着大花泳衣，与儿子儿媳一家在佛罗里达公共海滩嬉水追逐。这种亲民的举动，就很容易拉近选民与候选人之间的距离，增加他们的支持率。

生活中的奥巴马·米歇尔，参加白宫草坪剪草，和孩子们一起游戏，去学校为学生们准备午餐等。类似这种生活小事，也能让总统显得平易近人，拉近与选民的距离。

米歇尔和安都是有智慧、有成就的女人，她们过去几年也都在支持丈夫的政治生涯中扮演一定的角色。安是完全有能力担任第一夫人的。

多项民调显示，米歇尔的支持率将近70%，不仅高于奥巴马和罗姆尼，也比安的支持率高了约30个百分点。可是，米歇尔红火的支持率最终能在选战中给奥巴马加分多少？安有关她和丈夫的小故事能在多大程度上冲淡罗姆尼给予选民的疏离感，谁也说不准。唯一可以肯定的是，无论最终是奥巴马还是罗姆尼当选总统，他们背后的女人都应该记上一功。

八、 美国华人圈里的临时夫妻

"如果你爱他，就把他送到纽约，因为那里是天堂。如果你恨他，就把他送到纽约，因为那里是地狱。"

二十年前，这句话红遍了中国的大街小巷，无数观众被剧中的阿春与王启明深深打动。

二十年后，在曼哈顿东村这条再普通不过的街道上，当年《北京人在纽约》里王启明夫妇最初落脚的地方——那个曾经让无数电视机前的中国观众唏嘘不已的地下室，正装修准备出租。

电视剧已经结束，但"阿春"与"王启明"的故事却仍在继续。

这些年，生活在美国，我亲眼看见、体会过无数个"阿春"与"王启明"的艰辛与无奈，华人的欢笑与泪水，华人的爱情与寂寞。

很多人都是怀揣着一个美国梦出国，希望以后的生活好一些，于是有的留学，有的偷渡，有的干脆非法居留。大家都希望能在美国开创一番天地，实现自己的梦想。

这些人里面，有的已经结婚，有的有固定爱人。总有"打先锋"先行的一方，他们在海外卧薪尝胆，苦心经营，另一方留守国内，满怀期待，希望有一天能与远方的他（她）阖家团圆，在异国他乡情雁双飞。

但是，当远离家乡的一方，面对来自各方面的压力时，心灵的孤单，离乡的寂寞，独自奋斗的艰苦，都会造成不小的心理落差。现实中，孤独是难熬的，孤独是痛苦的。此时远方家人的话语和鼓励都难以排解异乡的孤独和艰难的社会现实，于是为了寻求相互依偎而暂时结合在一起，搭伙找伴儿过日子，海外"临时夫妻"也应运而生。

 ## 同是天涯沦落人，相逢不如住一起

临时夫妻，有生活在美国社会底层的打工族，也有腰缠万贯的富商，更有一些留学生也加入这一行列。临时夫妻都有一个共性：在外漂泊，寂寞难耐，在肉体和心灵上相互依靠，相互安慰。

听说过一个故事：一位华人男士，为了让妻子和女儿能够移民美国，不仅要打工赚钱，而且要想方设法办绿卡转换身份。对妻子深有感情的这位男子，着实在美国熬了几年枯燥乏味的生活。

又有一位留学生女孩，在美国读研究生，在国内已经有未婚夫等着她毕业回家结婚生子。但繁重的学业以及无边无际的寂寞让她实在忍无可忍。一个偶然的机会，男士和女孩相遇了，两人颇为投缘，一来二去之后，就搬到一起同居了。从那以后，房租两人付，白天轮流做饭，晚上相互陪伴，精神上有了欢愉，肉体上也得到满足。他们俩并不认为自己做了一件正确的事，但结论却是没办法。

一般来说，这种情况，除了当事人国内的家属不知道以外，在纽约的熟人都知道。临时夫妻在海外华人圈里根本算不上什么新鲜事，大家相互间也都心照不宣。更有甚者，部分非法居留的打工者，在一起十几年，连孩子都生下来了，俨然已经是正式夫妻了，但在国内的家庭也依然存在。

"敌进我退，敌退我进"

"临时夫妻"都是有固定伴侣的人，只不过自己的另一半在国内。所以，当"正牌军"探亲来美的时候，"临时军"就只能"君子"让位。等"正牌军"回国之后，"临时军"又搬回来，恢复之前的状态。

以前听人说过，纽约华人区有专门提供的日租房，租客中就有一些人是因为要给"正牌军"让位，而外出住宿的人。他们让位时，也会仔细打扫房间，把属于自己的痕迹都扫除掉。当然，如果有两间房，就可以打着"合租"的幌子，不用大费周折。

国内一位华人男士来美国务工多年，妻子和孩子在国内留守。有一次，妻子带着孩子来探亲，到了美国以后，丈夫向妻子介绍了自己的一位女"室友"，并称这么些年得到女室友很多的帮助、共渡许多难关。做妻子自然对丈夫能遇到这样患难之交的女室友心存好感。没多久，妻子回国了。半年之后，妻子觉得不对劲，有时候打电话是美国的早晨，接电话的却是女室友，但是她明明记得电话在丈夫床头。没多久，丈夫向妻子摊牌，他和女室友这么多年过的是夫妻生活。

　　我甚至还听说过，有人在临时同居之前，签订"君子协议"，表示日后要好合好散，井水不犯河水。

假作真时真亦假，日久生情假成真

　　人总归是有感情的生物，而且临时夫妻虽然结合的时候有些草率，但也大多是互相看对眼了，才能同住一个屋檐下。在陌生的国度，两个人很容易产生相依为命、惺惺相惜的感情、这种感情久而久之就慢慢变深了。加之国内的原配，因为长时间没有交流，感情也容易变淡。

　　所以，虽然"临时夫妻"的结果大多是萍水之缘，随着男男女女各自家庭的团聚，另一方自动退出"丈夫"或是"娇妻"的历史舞台，而且还有个雅名叫"完璧归赵"，但是，其中也不乏日久生情，最后双方各自离婚分手，临时夫妻成了固定夫妻。

九、中国"坑爹"富二代在美国

　　小华（化名）是刚随家人移民到美国不久的"富二代"。由于他们移民的手续是我们美高美公司办理的，和他的父母也很投缘，到了美国之后我们就变成了好朋友。

　　小华的妈妈对于这个宝贝儿子很是头疼，由于"高阿姨"经常担任"政治老师"教育年轻人，小华妈妈常常跟我诉苦，希望我有机会也教育教育小华。有一次，小华带着女朋友去买衣服，一次花了 5000 美元，比我们这些在美国生活多年的人还能下手。

　　近几年来中国"富二代"、"官二代"坑爹一族突然被推到了镁光灯下，似乎一夜之间，大街小巷就冒出一群手持钞票、身穿名牌、开跑车的"高富帅"和"白富美"。中国富二代在美国的这种豪华消费多次让我咋舌。

　　仅仅 2012 年，中国到美国留学的人数就有 12.8 万，这浩浩荡荡的留学大军，很多已经不是前些年勤勤恳恳、勤俭节约、成绩优异，靠打工挣学费的中国留学生，他们生活学习在这里，发生了很多事情。

　　这些富二代们漂洋过海到国外留学，带来国内的很多习惯，逐步改变着以注中国留学生的形象。

在美国，我们也常常能在华人媒体上看见中国"富二代"、"官二代"的"坑爹事迹"，比如"中国富二代西雅图肇事出人命，父母出 200 万美元天价保释金"和"去年中国留学生强奸美国房东，中国父母想私了也被起诉，全家保释金 100 万美元"，又把一些中国留学生在海外的事情推到风口浪尖，让我们不禁扪心自问，中国的教育究竟怎么了？

豪宅、名车、美女乐四年，拿张毕业证交爹娘

当玛莎拉蒂（Maserati）跑车、比华利山庄（Beverly Hills）豪宅、威图（Vertu）手机、爱马仕（Hermès）鳄鱼皮包、江诗丹顿（Constantin）手表，同属一名 20 岁左右的华人青年时，请你不用感到惊讶。

这正是现在少数中国"富二代"留学生到美国后的标准配置，而其中一些男性"富二代"送给女朋友的礼物也都往往是价值近 10 万美元的名贵跑车，找枪手上课写作业更是家常便饭。

"住豪宅，玩名车，交女友，来美快乐玩四年，拿张毕业证书回国见爹娘"这是一些在美国的中国富二代留美学生的真实写照。

有些中国留学生来到美国后的第一件事情就是找房和买车，然而，最近有不少新来的富二代留学生流行起购房和买新车，而且一买就是价值上百万美元的豪宅和价值 10 多万美元的汽车，以及价值数千元、拥有管家服务的手机，就连所戴的手表和皮包都是奢华至极。

一位年龄只有 22 岁的中国富二代留学生，就读于美国洛杉矶名校，拥有一栋超级豪宅，据说从车子进入庭院到开到豪宅大门前，就用了足足 3 分钟。"富二代"的车库内不仅有一辆玛莎拉蒂，还有一辆保时捷。那辆保时捷是他之前送给女朋友的生日礼物，女友因此时常来他家做客过夜。

另外，南加大的一位"富二代"留学生，陪伴来美观光的父母去比佛利山购物，全家一天花费五六万美元，各类名表、名包往宿舍地上一摞，转身又飞去赌城。数日后在宿舍里遇到，这位"富二代"抱怨"小赌一把手气不好"，短短两天内输掉近 30 万美元。

"富二代"们开豪车、住豪宅，每月花费四五位数字，这在洛杉矶华人社区已是见怪不怪。

"坑爹" 还需请 "枪手"

一些"富二代"来到美国留学之后，忙着享乐，根本没有时间学习，但是毕业证一定要拿到，怎么办呢？

有钱能使鬼推磨，一些"富二代"在学校除了小课外，大课都找了枪手代上课，由于美国的教授很难分清亚洲人的面孔，因此花上几百美元找其他的中国留学生代上课，并由他们来完成平时的作业是很多"富二代"学子的首选。这不是典型的"坑爹"么？

而学校内一些熟悉潜规则的中国学生，借此赚了"富二代"不少的钱后，也加入购买奢侈品的行列，而更为精明的枪手甚至找人发展下线，自己却成为中间人，这样不仅降低风险，还能获得不少的回报。

与普通留学生希望毕业后留在美国找工作定居不同，"富二代"很多都是父母在中国有公司或者是高官，他们在拿到美国的毕业证书后，都会选择回国接管父母的企业或者进入政府高层。因此，他们只需在这里快乐地度过没有父母监督的四年，并且拿到一张毕业证书回去见爹娘即可。

这些华人"富二代"留学生的行为，让许多当地华人感到惋惜，他们认为，既然到美国读书学知识，就应该趁此机会多看多学好的东西，而不是像现在这样。

 "中国式私了"遇尴尬

2012 年 3 月底，一名中国留学生唐某涉嫌强奸女房东，被捕后，其父母从国内远洋奔赴美国，欲贿赂受害人而被起诉。消息披露后，不少网友讥之"丢人丢到了国外"。

受害人向警方表示，3 月 29 日晚 8 时许，唐某以租屋为由到西顿街看房，当女房主向他展示公寓卧室时，唐某将房门锁上，试图将受害人双手绑在她背后，并用毛巾堵住其嘴巴，强迫她关闭手机，然后对她实施了性侵犯。唐某在威胁该女子后，还拍摄了受害人的裸照，声称如果她打电话报警，就将照片公布到网上。

在受害人的协助下，警方 24 小时内逮捕了嫌犯，并在其公寓搜出手铐、刀、女士胸罩和内裤、避孕套盒及开锁工具书。报道称，唐某被控一级绑架罪、强奸罪，若罪名成立，最高可判终身监禁。

案件也已提请美国移民局关注，这意味着他可能被驱逐出境完成他的刑期。

此案引发的另一案件更令人关注。事发后，唐某的父母于 4 月初赶到艾奥瓦州，他们曾对人宣称会找到指控儿子强奸的女子，并试图以报酬"劝说"其改变口供，希望私了。一位朋友把唐某父母欲用报酬"劝说"被害人改变口供的话转告给了受害人。警方随后逮捕了唐某的父母，理由是企图贿赂受害人。

父母被捕后，唐某本人也被控干扰证人——他在监狱中写信给朋友，要求朋友找到受害者，说服她撤销指控，监狱方面为此将唐某之前的保释金从 75 万美元增加到 80 万美元。

唐某的父亲和母亲此前都因试图干扰证人被收押，两人的保释金额均为 10 万美元。据称，他们的保释金额一开始均为 2000 美元，但后来唐某一家三口的保释金额已经达到总共 100 万美元。

中国"富二代"西雅图肇事出人命，父母出 200 万天价保释金

一名 19 岁中国留学生徐某，在华盛顿州金恩郡西雅图市超速驾驶，致当地居民 1 死 4 伤，其母近日交出 200 万美元天价保释金将儿子保出。检方虽担心该留学生弃保潜逃，但仍准释。

此则新闻，与前不久闹得沸沸扬扬的李某某违法事件，都将子女教育问题推向了风口浪尖，子女教育特别是富裕家庭、名人家庭子女的教育问题引起社会和媒体的广泛关注。据报道，肇事的中国留学生并没有合法驾照，在美国开车属于无照驾驶。

徐某之前在中国生活奢华，喜欢追女生和广结女友，曾因少年时父母忙碌缺乏照顾而出现自残和大骂老师等反叛行为。

有网友还披露了徐某肇事后的细节：事发后，徐某当时给警察出示的居然是无效的中国驾照（他只有这个），警察将其打翻在地，问他手里举着的那张烂纸：what the hell is that?

这件事引起了媒体的关注，也引起全美华人的关注。《侨报》发表评论：从徐某事件起码可以看出几个要点：

第一，中国"富二代"送子女出国留学已成风气；

第二，中国的"富二代"留学生买车多选豪车；

第三，一些人行为不检点，带着些"我爸是李刚"的味道；

第四，闯祸后有的是钱来打官司。

从这一事件中，美国人学到了什么？

第一，中国人太有钱了。200万美元的保释金拿不住人，今后的保释金可能定得更高，1000万美元甚至更高绝对是有可能的。

第二，中国留学生是个消费能力超强的消费群体，今后的商家一定会在留学生身上打主意，因为这些人的钱太好赚了。只是不希望绑匪也来打他们的主意。

十、 美国那些 "撑爹" 富二代

我当过"90后"李尚壕同学的监护人，他浪好学；我们时不时聊天并且没有代沟，什么主题我们谈起来都浪顺畅，说到二代们的坑爹表现，他说"其实，我们中大多数还是浪不错的，不要看那一小部分，他们不是主流"。

他说的话让我想想觉得浪不好意思，其实，我认识的"富二代"中，确实有浪多浪优秀。

那些优秀的"富二代"，懂得利用父辈的资源，作为自己上进的基础，他们中浪多人成为了父母的骄傲，撑起了家族的门面，为自己也为家人为社会争了光，带来了正能量。

所以在说完了坑爹的"富二代"之后，咱们也得说说那些优秀的"富二代"，为他们平平反。

 被中国国家主席同时接见的父女

结识慈铭体检集团董事长胡波先生，是在 2009 年。当时，时任中国国家主席胡锦涛访美，我和美国国会电视台的同行一起参加那次活动，胡波先生则是作为随行的中国企业家。

后来通过几次采访，认识了慈铭的女主人，被称为"中国健康革命先行者，中国健康体检行业领军人"，慈铭体检集团总裁韩小红女士——留学德国，获得医学博士的美女才女。同时也对他们的家庭有了初步的了解。今天要写"撑爹"二代，他们的女儿就是一个典型的例子。

胡先生和妻子属于北漂一族，老家沈阳。他们的女儿出生于1991年。

在创业初期，由于事业繁忙，夫妻二人无暇照顾女儿的生活细节。女儿5岁时，他们安排女儿到北京上学，由一个表姐照顾。所以他们始终笑称，女儿是小北漂。

在北京的这段经历，让孩子从小就学会了独立思考问题，自己解决问题。生活方面也得到了很大的锻炼。

孩子上初中时，韩小红女士又带着女儿去德国生活学习了大半年。孩子每天早上早起，为妈妈做早餐。生活上不依赖别人，反倒成了妈妈的生活助理。而妈妈也对她采取奖惩教育措施，比如洗衣服打扫卫生，就有奖金。那段经历，让孩子成长很多。

之后，孩子又回到北京普通初中上学，在初三没毕业，就上了国内一所英式国际学校。

此时，国际学校的寄宿生活，已经难不倒她。她早已养成独立思考、独立行动、独立解决问题、自主交际的习惯，为以后到美国留学打下了良好的基础。

高中毕业后，她到美国华盛顿留学。那所学校原来只有研究生，后来开始招本科生。孩子到学校后，很快地融入了进去，并组建起了本科专业的学生会，成为学生会主席。她不仅学业优秀，社会实践能力，社交能力也都非常优秀。

习近平、胡锦涛访美时，父亲胡波作为企业家被接见，而女儿也作为优秀留学生被接见，父女在华盛顿见面，胡先生特别高兴。

奥巴马政府的"十万人留学中国"基金会项目，她也是参与人之一。华盛顿政府办公室见她这么优秀，还邀请她去实习。

有一个这么优秀的女儿，父母当然十分骄傲，胡波先生时不时谦虚地对我说："女儿这么优秀，主要是妈妈的功劳。我的妻子是一个非常优秀的管理人才，不仅能管理好一个企业，更能管理好一个家。"

当问及对女儿的期望时，父亲胡波说："我们对女儿始终只要求六个字：安全、健康、幸福！她做很多事，我们并没有干涉太多。"

可以看得出来，他们夫妻二人，虽然在孩子的生活细节方面，并不像其他父母那么亲力亲为，但在思想教育和性格养成方面，却给女儿带去了深远的影响。他们在事业道路上的成功品质、核心价值观，对他们的女儿起到了言传身教的作用。

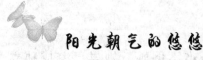

阳光朝气的悠悠

我的很多网友，对悠悠都有很深的印象。

悠悠，名叫王之柔，英文名 Rose，15 岁，2011 年 9 月到美国，在美国美丽的罗德岛，一个天主教学校上学，家里人都叫她悠悠。

悠悠是我很喜欢、很欣赏的一个小女孩，在美国留学的学生，阳光健康、不卑不亢、健谈得体。

悠悠的家庭条件也很不错，但父母都很低调，没有给她富二代的特殊优越，尽管悠悠成长的过程，和富二代、官二代、名二代们一样，父母为她创造了很好的条件，比如，就读人民大学附小附中这样的名校，但她自己也表现得很好。

美国一天主教中学在北京挑选了 2 个学生，悠悠就是其中之一。

她 15 岁就离开家，独自去美国留学。

作为海外小留学生，刚开始她也想念亲人，对异国他乡陌生的环境也有不适应的阶段，但都被她坚强勇敢地克服了。

悠悠写下了这样的随笔：

去年的这个时候我刚刚开始初三，

今年的九月却要自己一个人跨越太平洋，到彼岸继续自己的梦想。

去年的这个时候每天都能看见家人，

今年的九月却只能在视频里和他们打着招呼，然后告诉他们我很好。

可是，

可是我没有什么理由抱怨这些，

既然选择了这条路，

就应该学会勇敢，勇敢地面对所有可能发生的一切困难。

总会有一天，我会长大，会离开熟悉的环境，离开家，去追寻自己的梦想。

我作为她父母的朋友，和她父母一样，为她这样优秀孩子感到骄傲，为这样的"富二代"自豪。

2012年暑假，悠悠放假回中国，参与了农民工子弟学校——蒲公英中学的支教活动，一个暑假的时间，悠悠又成长了不少。（博文：小"海归"支教农民工子女学校的特别经历）

玻璃大王曹德旺家的优秀海归

我和曹德旺先生，是在一次中国企业家在纽约的演讲上认识的，博文"任志强曼哈顿激情演讲"中有详细的介绍。

2012年中秋，有幸应中国福耀玻璃创始人曹德旺先生之邀，去他家里拜望他。其实，那次我的主要任务是想采访他对于中国企业国际化、中国企业家走向国际的看法，没想到正好赶上中秋节，他就邀请我去他家过节，见博文：中国富豪怎样过的中秋节？

曹德旺一共有三个子女，长子曹晖，女儿曹艳萍，儿子曹代腾排行老三。三个孩子都在美国上过学，特别是二儿子曹代腾在美国上学十多年有美国绿卡，后来回国放弃了绿卡。

曹晖、曹艳萍现在都在福耀的公司，曹晖是福耀公司的总裁，曹代腾是万盛浮法公司的董事长。

那天在曹德旺家吃中午饭的时候，我见到老三曹代腾，英文名Jack。

1978年出生的小曹先生在美国学习生活10年，学财务，现为福建省耀华工业村开发有限公司总经理。第一眼看上去，就感觉他很阳光，文质彬彬的，有一股谦逊内敛的气质。

中午曹德旺先生午休，我和Jack继续聊天，在他口中，对于曹先生的称呼是"我父亲"，充满了对父亲的尊重和佩服。

经过进一步的交谈，我感觉Jack很礼貌真诚，很有内涵，也很稳重，有海归的特殊气质。那天，他和我聊现实，聊社会，聊年龄，长相，聊情感，聊恋爱观，他说很讨厌他看起来长得年轻，我说我很讨厌我长得老相。与他聊天就像与邻家小弟瞎侃那样开心。

同时，我们也聊"富二代"，像他们这样的家庭，不管什么样的标准，都应该称他为"富二代"。

他说："很多人忽视了我们这个群体也有很多优秀的二代，我们也在为自己的事业努力打拼。"

Jack开的车是TOYOTA，吉普。他解释说他没有开奔驰、宝马，是因为他不想用他爸爸的钱，如果他要开好车，他要靠自己的能力去获取。

我问他，父亲的钱，按中国的传统一般情况下就是要传给儿子的，捐出去那么多，他有没有想法？他说：那是父亲的钱，很尊重他的选择。

和 Jack 聊天差不多一个下午，我几次很不好意思问是否耽误他？他总是谦逊地说，他也想从我这里了解和学习自己不懂的东西。

2012 的 11 月 26 日晚，曹代腾举行婚礼，妻子也是优秀的"富二代"海归留学生，我在这里也祝福他，祝福他们幸福美满，也预祝他们的下一代保持父辈传统，"撑爹"不"坑爹"。

还有曹先生的大儿子曹晖，是现在的福耀集团总裁。据曹晖自己讲，他从小就非常惧怕父亲，不敢乱花钱。这一切，都是因为曹先生对长子要求严格。

作为上市公司的总裁，曹晖身上穿的就是一套统一定做的生产管理人员制服，在福耀工作 8 年，曹晖很长时间里都住在工厂的员工宿舍里。

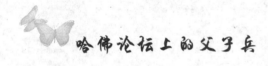

哈佛论坛上的父子兵

现年 55 岁的陈东升，同时成就了三个领域中年轻人的创业梦想：他创办了中国本土最大的拍卖公司——嘉德拍卖行，总资产千亿元的保险公司——泰康人寿，中国一流的快递公司——宅急送。

我在 2011 年的第十四届哈佛论坛上，听过他的精彩演讲，给了我深刻的印象。

那次哈佛论坛，中国去了不少知名的富豪和大款，如：万通地产董事长冯仑、信中利投资集团董事长汪潮涌、招商银行马蔚华、复星集团董事长郭广昌以及泰康人寿董事长陈东升、华谊兄弟传媒公司董事长王中军、复兴中泽嘉盟基金董事长吴鹰、美斯特邦威董事长周成建、美通无线公司董事长王维嘉、物美控股总裁张斌、新华信托股份有限公司翁先定等。

陈东升是企业家的带队，陈奕伦是哈佛大学学生的代表，组织了这次论坛。作为主办方讲话时，我发现他的英语很流利标准，让我感慨：富二代当中也不乏优秀人才。

"老子英雄儿好汉"，泰康人寿董事长陈东升和儿子——这次哈佛论坛的学生会主席，哈佛大学有不少这样优秀的"富二代"。见博文：哈佛论坛谈理想谈金钱谈猫和老鼠。

陈奕伦 1988 年出生在北京，2006 年去美国读高中，毕业后被哈佛大学经济系录取，2012 年毕业后任北京宅急送快运有限公司董事、第二轮"万林奖学金基金会"会长。

2007 年，他还是一名高三学生，就和几个朋友商量要为中国农村孩子做点什么，因为当时扎根深山支教的徐本禹的事迹深深地影响了他。

于是，从那年开始，陈奕伦和朋友连续 5 年去中国乡村支教，其中包括贵州和湖北等乡村。

以陈奕伦为队长的中国留美学生团队，去贵州省黔东南苗族侗族自治州麻江县景阳中学支教。从 2007 年开始，每年的六月，陈奕伦总会带着他的团队到景阳中学进行为期两周的支教。

2012 年，他哈佛毕业时，跟人聊起将来的打算，他曾说，回国当村官，下农村实践。

2013 年 2 月，陈东升亲口证实了儿子陈奕伦在贵州当村官的消息。

不难看出，作为儿子的陈奕伦，是父亲陈东升的骄傲，也是陈氏企业未来的支柱力量。

从以上这些"富二代"身上，我们看到了很多优秀的品质，比如坚强，比如善良，比如勤奋，比如责任感，他们是"富二代"中的正能量，能够承担自己的责任，同时也为社会、为家庭撑起一片新的天空，更能为当代年轻人，带去榜样的力量。

十一、抹不去的伤与痛——美国辱华事件

在美国，种族歧视是永恒的话题，任何时候，种族问题都是不可忽视的大问题。华人华侨，作为美国众多族裔中渐渐壮大的一个族裔，经历了从忍辱负重到愤怒，再到吼的过程。特别回忆近期的在美国发生的辱华事件。

 ## 对限制亚裔学生的 SCA5 提案说不！

2014 年 2 月，在美国华人欢庆新年之际，西裔民主党籍加州参议员（State Senator）贺南德兹（Ed Hrnandz）提出一项提案却给欢乐中的亚裔们浇了一盆冷水：该议员嫌加州大学系统（University of California System）的亚裔学生太多了，要求限制亚裔入学，提高西裔和非裔在加大系统中的入学比率。此提案已于当地时间 1 月 30 日在参议院（State Senator）投票，27 票赞成，9 票反对通过。下一步即将提到州众议会投票。

此提案如果在州众议会（State Assembly）获得通过，将于 2014 年 11 月公投，决定是否恢复在加大校园中实行所谓的平权行动

（Affirmative Action），限制亚裔招生，多招西裔和非裔。

一直以来，亚裔学生以成绩优秀著称，因此常常必须以高出白人、西裔和非裔许多的分数才能获得常青藤大学的青睐。甚至是大学里有这样的状况，明明亚裔学生成绩更加优秀，但录取比例却远远低于犹太人。但现在这个法案一旦实行，将令亚裔学生更难获得理想大学的垂青。

因此，该法案一提出，立即在华人圈引发轩然大波，美国各界华人开始群策群力，以各种方式反制 SCA5 提案。

许多华人民选官员、侨团代表、普通民众等都纷纷集合各自的力量、或是写信给议员、或是联合议员举办记者会、或是牵头到华裔议员办公室外游行示威，表达华人群体对这一法案的不满及要求众议员在议会投票时投反对票。

2 月 26 日早上，华裔众议员周本立办公室发表周本立对于 SCA5 提案的回应，周本立在这份公开声明中表示：SCA5 如果通过，有可能会影响那些希望受到高等教育的小孩子们，他本人承诺反对现有版本的 SCA5 提案。

2 月 27 日下午，美国华人联合总会将于圣盖博希尔顿召开记者会反对 SCA5 提案，美华联、越柬寮华人团体代表均会出席。美华总会长蔡成华表示，他们在律师的指导下，会给每一位加州众议员发一封信，希望他们在 SCA5 投票的时候可以投反对票。蔡成华说，少数族裔移民对于加州的经济文化发展做出了重要贡献，SCA5 提案是一种非常狭隘、自我保护的种族主义，一旦通过，很多优秀的移民及后代都不会再选择加州居住，这对于加州的长远发展非常不利。

2月28日上午，律师邓洪联合加州共和党籍众议员海格曼（Curt Hagman）在位于哈岗的华兴保险召开记者会，要求贺南德兹（Ed Hrnandz）收回SCA5提案。邓洪表示，华人社区不仅要加强对众议会的施压行动，同时也要发出对于自己的立法代表出卖选民利益的强烈愤慨。邓洪说，依照加州的立法程序，提案人有权撤回自己提出的法案。如果华人社区能够继续施压，迫使贺南德兹撤回SCA5，华人子弟的利益才能得到保护。

2月28日中午，上百名华人将聚集在周本立位于蒙特利公园市的办公室门外，进行示威游行。活动组织者、北京爱国同乡会会长王湉表示，这次游行是为了让议员们看到华人的力量，听到华人的声音，同时也要提高海内外华人对此事的关注度，使SCA5在众议会投票时得到否决。

3月初，余胤良（LelandYee）、刘云平（Ted Lieu）、刘璇卿（Carol Liu）等参议员称收到了数千封反对SCA5的选民来信，于是要求众议院议长派瑞兹（John Perez）阻止该提案。"我们一直代表亚裔美国人和其他社区的权益，决不能支持这种会对自己孩子不利的政策。"

一位在库比蒂诺居住的母亲也曾帮忙组织了反对SCA5的活动。她在看到新闻后松了一口气，"这个提案关系到每个人的切身利益，我觉得应该付出行动。"

截至3月17日，白宫请愿网站Change.org上请求阻止该提案投票的签名超过11.2万个。

而到了3月17日下午，在铺天盖地而令人压抑的马航失联班机新闻包围之中，传出一则令全体华人兴奋的消息。加州众议会议长派瑞兹（John Perez）宣布，在 SCA5 提案撰写人贺南德兹（Ed Hr-nandz）的要求下，加州众议会将不会对 SCA5 采取任何行动，并将该提案送回至参议会。派瑞兹表示，根据目前的情况，他认为 SCA5 既不会在众议会投票中通过，也不会对某些族裔入学率降低作出改善。至此，SCA5 之争暂时告一段落。这是华人政治抗争的一次胜利，将写入美国华人的史册。坚定而强烈地反击并迅速取得胜利，这个人口仅占加州 14％ 的少数族裔，前所未有地展现了其巨大的政治力量。

时常有人说华人社区是一盘散沙，这一次，华人却从来没有这么团结，不管是新侨老侨，不管是大陆来的，还是香港台湾来的，都发出了共同的吼声。为什么？套用一句俗话，SCA5 动了华人的奶酪，侵犯了华人的核心利益。

总结这次抗争的经验，首先得益于华人的高度团结，形成合力。华人没有像过去各自为战，甚至各自拆台。不仅在加州，而且全美各地的华人都齐声声援。各地华人知道，今天在加州所发生的，明天就有可能在他们那里发生。其次舆论动员，声势空前。不仅示威、抗议、集会等"传统"抗争形式此起彼伏，脸谱、推特、QQ、微信等新媒体也大行其道。亚裔人士还在白宫网站发起请愿，反对 SCA5 提案。

 ## 抗议 ABC 电视台 "杀光中国人" 言论

美国 ABC 电视台有一个脱口秀节目叫《吉米鸡毛秀》（*Jimmy Kimmel Live*!），2013 年 10 月 16 日，在一期主题为"儿童圆桌会议"的节目中，主持人吉米·坎摩尔邀请了 4 位不同肤色的孩子组成"儿童圆桌会议",吃着糖果讨论国家大事,以讽刺"国会议员像儿童一样爱闹脾气"。

当吉米问道,"我们欠中国1.3万亿美元债务,怎样才能还完?"一名6岁的白人儿童语出惊人,称"要绕到地球另一边去,杀光中国人"。吉米调侃道:"杀光所有中国人?这是一个很有趣的点子。"

吉米节目中这一辱华言论一出,立时激起众多华人的愤懑,不少华人纷纷在白宫网页上签名请愿。截至2013年10月25日上午11时,请愿签名已经达到13 551人。

美国电视主持人对中国了解非常少,出现这种事不奇怪,只能说明主持人自大无知,但美国ABC电视台将这期节目播出,是绝对不能容忍的。

一位华人在You Tube上看到该视频后,评论道:"我生气的不是孩子,而是针对他们的父母、主持人和ABC,他们毁了孩子。我的女儿4岁,如果她说杀死所有的黑人或犹太人的话,我肯定会非常严肃地批评她,因为这是不能容忍的。"

也有部分西方人说:"我对吉米节目中的言论感到非常不安。孩子们可能不懂事,然而吉米和ABC的管理者都是成年人,ABC必须发出真诚的道歉。"

除了请愿,我们在美国的华人华侨,还组织了多次抗议示威游行,希望ABC正式道歉,并合理处置主持人吉米。

10月28日中午12点,位于曼哈顿66街和哥伦布大道之间的ABC大厦门前聚集了上百名华裔民众,在为ABC电视直播节目中播出孩子对于还钱方式"杀死全体中国人"言论举行抗议游行,不少人早上很早就赶到集合点，多数人都来自纽约和新泽西两州。

10月30日，美国 ABC 电视台高管道歉了，主持人吉米也在自己的节目中道歉了，虽说"惹事"吉米的道歉更像在为自己解释或者说明，但是，他在 ABC 自己的节目中，说了对不起。

那几天的美国媒体，大大小小的报道道歉事件，让抗议的华人华侨和美国人都傻了眼，"怎么啦，这次那么快就 over 了？"

作为生活美国十多年的华人和媒体人，我亲身经历参与了好几次游行抗议，有很多感慨。以前发生这种事情时，华人华侨在美国也抗议过，示威过，也有很多次都是闹得沸沸扬扬，但美国主流媒体少有报道。好像没有哪个惹事者那么短时间就出来道歉，CNN 的卡弗蒂最牛，那次华人华侨抗议他在节目中辱华时，他只是说："如果你觉得受到了伤害，对不起。"而且他至今依然活跃在电视台。

但，这次，从"sorry"到"apologizes"，那么短短几天，美国这边的不少主流媒体迅速参与报道，这在以前很少见。

是什么力量让一向傲慢、对华人抗议从不重视的 ABC 道歉？是什么力量让对华人抗议不屑一顾的美国主流媒体参与报道道歉？

是网络"好事者"发起并号召大家去白宫网站请愿？是大家齐心协力给各大媒体写信到处吼？还是美国东西部全体华人华侨的示威抗议？我觉得都有。

总之，本来像以往一样准备打"持久战"的抗议行动，就一下子那么快结束啦！写这篇稿子时，很纠结，此时此刻，笑着流泪，突然想唱"团结就是力量"。看着这种阶段性胜利，我不由得要回想起以前华人华侨在美国被歧视所做过的奋斗和抗争。

CNN 卡弗蒂恶言"中国人是一帮暴徒和恶棍"

2008 年 4 月 9 日，在 CNN 直播奥运火炬旧金山传递时，卡弗蒂利用电视直播的机会，发表了攻击中国的恶意攻击言论。

那天，在节目中，当有人问卡弗蒂中国与美国关系有什么不一样时，他说："我不知道中国是否不同了，但我们跟中国的关系肯定是不同了，有一件事可以肯定，由于在伊拉克打仗，我们已经把身上几乎所有的东西都典当给了中国，他们拿着我们数以千百亿计的美元，我们已为他们累积了数以千百亿美元计的贸易顺差，因为我们不断输入他们带铅油漆的垃圾产品和有毒宠物食品，又出口至一些地方，在那些地方你给工人每月只付几个小钱，就可以制造我们在沃尔玛买的东西，所以我觉得，我们跟中国的关系肯定有变，我认为，他们基本上同过去 50 年一样，是一帮暴徒和恶棍。"

一番恶言，引来千夫怒骂和抗议。

全球华人的抗议更是排山倒海地向 CNN 扑过去，全球成千上万的华人在网上签名，抵制 CNN，反对卡弗蒂，中国政府也严肃而正式地要求 CNN 和卡弗蒂本人收回其恶劣言论，向全球中国人民道歉。

4 月 15 日，CNN 及卡弗蒂回应了这些抗议：不论是卡弗蒂本人，还是 CNN 都无意冒犯中国民众，在这里，他们愿意向受到此言论影响的人们道歉。这句话可以理解为：如果你觉得你受到了伤害，那么对不起。

这种道歉，毫无疑问是缺乏诚意的。同时 CNN 还声明，这些言论是针对"中国政府，而非中国人民"，并为卡弗蒂辩护，说卡弗蒂并不是针对中国，他多年来不但对美国政府及其官员发表过批评性言论，还对其他很多国家的政府发表过类似言论。

大多数华人对 CNN 的反应极为不满，大家都觉得这种傲慢的、居高临下的口气，没有一丝诚意。因此，自 CNN 的"道歉"公布之后，华人有了更进一步的行动。

在这次与 CNN 的较量当中，纽约华人与美国其他大城市的华人一样，组织人马到 CNN 的办事处去抗议。

抗议示威的人群一到了 CNN 曼哈顿办公大楼前，就开始扛着中国国旗和标语，呼着口号，从大楼的这边到那边，来来回回绕行。《侨报》报社著名记者管黎明、新华社驻联合国主任记者王建刚等同行，也站在一起讨论这些事情，大家都非常激动。看着站在寒风中队伍中的老少同胞，看着那一张张神情激愤的黄色面孔，我突然有一种想流泪的感觉。

在那种场面下，我想任何中国人都会被感染吧？为了我们民族的尊严，为了我们自己的尊严，我们要呐喊，我们要抗争。

在我们的抗议过程中，一直都有警察跟着，CNN 内部也有员工出来观看，但没有正式的代表出来接受抗议信。最后朱先生只好把抗议信的复印件粘贴在 CNN 大门上。

没人来接抗议信是早就知道的结果，最后纽约中国和平统一促进会会长花俊雄先生，还是在警察的陪同下进入办公楼，将抗议信交给了有关部门。整个活动进行了两个多小时。

抗议活动结束之后，华人华侨状告卡弗蒂及 CNN 母公司特纳公司，要求赔偿 13 亿美元。面对这起诉讼，CNN 给了以下回复：

"卡弗蒂近日接受美国政论访谈节目主持人波莱斯采访时，对他的言论在中国和海外华人中引起的争论做出了回应，卡弗蒂说：我感到遗憾（Regret，可译为'后悔'或者'遗憾'）的是，一些在华中国公民和在美华人感觉到我的话也许（Maybe）是侮辱他们的，那从来不是我的本意，我很抱歉（Sorry），我希望已经解释清楚。"

让人心痛的是，这种事情在美国以前也发生过很多次：从"狗窝电话秀"到"芥兰鼠"事件，再到"狂想 97"电台等等太多的伤痛，让我们无法忘怀。虽然这些事情都过去好几年了，但我现在依然有非常深刻的印象。

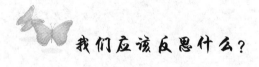

我们应该反思什么？

事情过去了，我们开始静下心来反思，关起门来，自己说说家事：

基本上很多在美国发生的辱华事件都和美国的媒体有关。其实，美国广播电台有自成一体的流行文化，在言论自由的支持下，不论 DJ 还是主持人，多以幽默、讽刺、生猛见长。他们语不惊人誓不休，百无禁忌，专门挑选刺激性话题，引起社会反映，提高收听率和收视率。

但对于最为敏感的种族问题，主流媒体向来十分谨慎，生怕越种族歧视的雷池一步，许多民权官司动不动就以百万美元的罚金，有时一个字或一个词用不好就吃官司。

美国非裔、西裔、犹太裔、欧裔在这里长期相处，在大环境下，大多具有种族意识，对外裔评价都十分小心，生怕一出错就犯众忌，造成社区集体对抗，种族冲突。

非裔、西裔长期受到主流歧视，但他们团结，显示出强大的反抗力，双方尽量井水不犯河水，不挑起敏感的种族问题。

而亚裔群体来得晚，英语不好。且华人多数给人感觉怕事、沉默、不会抗争。美国人即使羞辱了华人，未必听得懂；即使有人就算听懂了，也不会有什么威胁，也不会有人去反抗或去理论。他们认为华人好欺负，才会那么肆无忌惮，那么嚣张。

为什么那么多不幸的事情都发生在我们华人身上？很多时候，一些看似偶然的事情，其实也有一些必然因素。我们应该怎么避免因为自身的原因给自己带来的麻烦？也就是说，想要比对手更强，我们除了要考虑怎么对付对手，更应该考虑怎么提升自己，使自己变得更强。

我们的新移民来美生活不容易，但我们既然来了美国，最起码，学这里的语言应该是最基本的，不然你怎么融入社会？

为什么不把去赌场、打麻将、昏天黑地看光碟的时间用一些来学英语？

"Make your time!" 我一直记得一个老外说的这句话"挤出你的时间"。无论你再忙，只要你想，你总会能挤出时间去做你愿意做的事。所以，中国话经常说，不是没有时间，只是你不想，或者说你不够想。

华人的形象不是靠几次示威游行就可以改变的，It's long way to go（还有很长的路要走）。

公共汽车上、地铁上、有我们的同胞经常在手机上大声讲话，好像是在自家的客厅，没看见别人投来异样的目光。隆重的晚会上，台上主人或嘉宾讲话，我们的同胞在下面高声聊天，忘了今夜自己也是尊贵的客人，还是该遵守作为客人的最基本礼仪，不能当别人都不存在。而华人多从事的餐饮、洗衣、理发、美容、美甲、按摩等行业，更是直接面对美国人的最前线，这些人的所作所为，就是华人的最直接的形象代表。因此，我们除开服务热情，还有给人勤劳朴素感觉之外，我们是不是也该显示一下我们的水准，能不能把自己的英语学流利标准一点？是不是也该有空就多了解一下你所生活的国家？是不是也应该常常检查一下自己是否体臭、口臭？当然，我们也不能崇洋媚外，更不能卑躬屈膝，而是以一种不卑不亢、自然的态度和神情，呼应我们伟大祖国的繁荣和强大。

直到类似的事情再一次发生，《吉米鸡毛秀》事件让我一直想了好多天，心情也沉重了好多天。

我也记住了一位朋友说的：自己要站稳、立足了，要有自信，别人爱说什么是什么，事实胜于雄辩。

只有对自己没信心，才特别在意别人的评价，没钱人装有钱，有钱人才不在乎呢！

国富民强，这是一句至理名言。中国富强了，华侨的腰杆才能硬起来。自己要站稳了，立足了，有自信，别人爱说什么是什么，事实胜于雄辩！

十二、 疯狂的派对

林先生一家，是我们公司的移民客户，也是我的博客好友以及现实中的朋友。

以前没来美国时，林先生常在我的博客里看我发的美国人办聚会开 Party 的博文，心之向往。

他们来了美国之后，第一次在美国过"万圣节"时，为了让他们有更强烈的参与感，也为第一个万圣节留下深刻的印象，我邀请他们参加了我们社区的万圣节派对，还让他们自己准备道具。

派对过后，林先生很感慨地说，美国人真会玩，很会开 Party。还说，现代社会的邻里关系淡漠，特别是在大都市里，邻居之前都是关起门来过自己的生活，就算认识也一般都是点头之交。林先生以前从没有参加过这种聚会，原来美国人的邻里关系这么亲切。

也许是习惯了，所以林先生提起才意识到，我们社区的邻居关系真的都挺不错的，很多邻居都走得挺近，有事没事也会串个门，谁家做了好吃的，也时不时会端给要好的邻居分享一下。细想起来，这种关系真的难能可贵。而这种难能可贵的关系，其实就是在一个个 Party 上建立起来，并在平时稳固逐渐加深的。这些大大小小的活动和派对，串成了美国老百姓多姿多彩的生活。经常有朋友问我美国的生活，怎样融入美国生活？其实，不管在任何地方、任何时候，只要你愿意去加入去适应，你的生活都会丰富多彩。

 ## 时代广场疯狂的跨年派对

纽约是一座不夜城，越夜越美丽，夜间派对随处可寻。不过，最大的派对非时代广场的倒计时迎元旦派对莫属。你想数以百万的人齐聚在世界之都的十字路口，彻夜进行狂欢，这规模在纽约上哪里找去？不光在纽约，在世界上也是数一数二的吧？

时代广场年终活动已成为纽约历史的一部分，尽管纽约的冬天很冷，差不多每次活动都在0℃以下，却有成千上万的人来参加。从1904年开始，每年年终都会举行迎新年活动，1907年起增加水晶球降落倒数计时活动，每年皆吸引超过百万民众观看。纽约市政府估计，今年时代广场水晶球从高处降落时，通过电视观赏倒计时盛况的美国观众达1亿人，全球观众达10亿人。

不要小看水晶球，制作成本是几万美元，10多万人一起倒数10、9、8、7、4、3、2、1，这个水晶球下落，全场欢腾。

据说，新年夜全球瞩目的水晶球镶嵌着2688粒三角形沃特福德水晶，在32 256只新型飞利浦LED灯管的照射下，可以变换1600万种颜色，在时代广场上空营造出色彩缤纷的壮观视觉效果，23点59分整，水晶球在人们齐声读数声中开始了60秒倒计时，"大苹果"顺着旗杆徐徐降落，标志着新的一年到来，欢呼声浪随之而起，掀起时代广场庆典高潮。

正式的活动晚上 10 点左右才开始，但早在中午的时候，人们就已经开始进场了，进去后就出不来了，参加这个露天派对的人们就开始了长达十几个小时，不吃不喝，不拉不撒的等待，因为派对前，这里要戒严，封锁路段。

由于聚集的人数众多，纽约当局严阵以待，便衣警员会混入人群，闭路电视监察人流，生化小组随时待命，时代广场严禁民众带背包和酒精进场，虽然未收到明确的袭击威胁，但会假定"纽约是全美头号的恐袭目标"。

很不好意思，好像哪里有热闹，哪里就有我高娓娓，其实一方面是我的工作；另一方面也是我的性格。

还有就是我们因为记者的原因很方便，不需要那么早去等，人们都说，作为纽约人，像这种大的庆祝，至少要来参加一次。

想象一下，在欢乐人群中一起见证了历史性的一刻，迎接新年到来！而闻名世界的迎新街头欢庆活动及烟火表演更给大家带来了无比喜悦的心情！

　　狂欢派对上会有好多吹好的气球，是新年晚上不可缺少的道具，只是形状有点怪怪的。这气球主办单位会免费发给大家。

　　为什么说跨年派对是疯狂的派对呢？你看看就知道了，因为有很多人在疯狂的气氛中会做出疯狂的搞怪事情来。

　　也有很多人在这特别的地方、特别的时间，安排一些特别的事，比如跨年之吻，还有人在新年的第一秒向女朋友求婚，让全世界见证他们的爱情，非常浪漫感动。

　　每年这里都有名人出席，数年前是克林顿夫妻，还在寒风中翩翩起舞，他们和纽约市长彭博出席倒数仪式，按动电钮，让倒数水晶球缓缓降下。

　　每年派对上的这种道具眼镜虽然年份不同，但款式还是一样的，在街边就有很多小贩卖这些东西，10美元一副，人们说，"怎么这样贵呢？平常才一美元。"爱买不买，今天是什么日子，你不看看？

有狂欢活动，撒下碎纸，上面写上数以百计民众过去一年希望忘掉的不愉快记忆，那些是民众用纸写上自己希望忘掉的事，然后用碎纸机碎出来的。

当踏入新年的第一秒，逾吨的颜色纸碎从天而降，人们庆祝新年来临，告别令人难忘的旧岁，以美好的心情迎接新年，满天飞舞的彩纸，就是人们无尽的新年的美好祝愿，先显得高尚一点，祝愿世界和平，安宁；再祝愿金融危机早日过去，再用一个网友的话来祝愿大家：

愿美丽与幸福时时围绕您身边，愿成功和喜悦常常陪伴您左右，愿开心快乐刻刻溢满您心田！愿您拥有满怀的欢欣、丰收的希望；拥有甜蜜的爱情、温馨和睦的家庭！

狂欢后，看看留下多少垃圾？

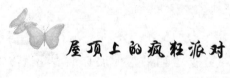 **屋顶上的疯狂派对**

　　美国人很喜欢开派对，享受集体活动的快乐。而且，喜欢搞创新，什么货车派对、地铁派对、泳池派对，五花八门，千奇百怪。

　　比较而言，在屋顶上开派对，就算是比较常见的了。

　　在屋顶的聚会，因为头顶的天空，会感到格外的舒畅，派对的心情也更容易达到高点。

　　这是在纽约第十大道 36 号街的一个屋顶上举办的 Mini Rooftop NYC 的派对活动，时间持续 10 天，内容包括艺术、音乐、文化、时尚、设计，这是纽约创意人群的大聚会。

　　这个派对吸引了纽约城中许多的潮流人士，其中就包括 Mary-Kate Olsen 姐妹，设计师 Diane Von Furstenberg，还有超级名模

Agyness Deyn。

 ## 波多黎各人的疯狂派对

每年六月的第二个星期口，是美国的"波多黎各日"，每到这一天，在纽约曼哈顿第五大道，会有一场盛大的游行表演。

说到波多黎各，可能大家并不陌生。这个小岛的名字时常回荡在世界最顶级的选美活动当中。

是的，这是一个盛产美女的小岛。在环球小姐的评选中，波多黎各小姐毫无疑问是最大的亮点。所以这次游行，纽约波多黎各美女纷纷盛装出行。

不过，要是说起这个小岛的其他信息，国内的朋友可能了解得并不多。

波多黎各是美国的"特区"——1898 年 7 月 25 日，美国打败西班牙，使其成为美国的殖民地。1947 年，美国政府允许该岛居民自由选举他们自己的领导人。它既不是美国的一个州，也不是一个独立的主权国家，而是美国在加勒比海的一个自治领地。其边界与美国互相开放，人流物流可自由出入。根据美国法律，出生在波多黎各的人，自动成为美国公民。在政治权力方面，他们在美国国会只有一个没有选举权的代表，该岛居民可以参加美国总统的初选，但是他们没有权利选举美国总统。

美国国旗上 50 颗星分别代表美国 50 个州，波多黎各则没有。波多黎各曾多次就与美国关系进行全民公决，但作为美国第 51 个州加入联邦的议案却一再遭到否决。

现在居住在美国的波多黎各人约为 400 万，几乎与本土的居民人数持平，是美国继墨西哥人之后第二大西班牙语裔。

波多黎各属于西班牙语系，所以波多黎各人也具有这个语系特有的活泼热情、疯狂、能歌善舞的个性。

纽约"波多黎各日"游行迄今已举办 53 年，每年都吸引社会各界名流参与。因演唱 1998 年世界杯主题歌而被中国球迷熟知的瑞奇·马丁就是波多黎各人，他曾两度参加纽约大游行。

游行有 8 万人参加、200 万人沿途观看。队伍沿五大道从 44 街行至 79 街，绵延近 6 小时，这也是纽约一年中最大规模的游行之一。游行时不但队伍中的主角很有趣，观众的打扮行为也很疯狂。游行过后晚上还有波多黎各社区给社区贡献奖的颁奖派对。颁奖聚会现场浓艳的色彩和装饰，很有这个民族的个性和特色，热情奔放，很不"正经"。

　　参加聚会的人进门时，每人手上都要被套上这个标识，这样你可以随时进进出出，不要再拿邀请函，或者再拿票出来。

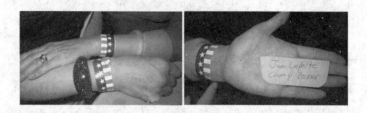

　　刚开始，来宾落座，人还没有来齐，大家都还一本正经的；人们的穿着打扮也很漂亮。

　　橘红色的桌布和黄色的菊花很耀眼。

　　饿了就排队吃饭。

美国开一般的 Party，吃的东西都很简单，很容易解决，今天晚上也是这样，从餐馆里订了一些食物，放在大厅的一角，盘子和用餐的工具都是一次性的，也很方便，很便宜。

渐渐人多起来了，他们全是讲西班牙语，把我听得云里雾里的。

在美国，西班牙语是第二大语系，很多美国人都会讲西班牙语，相当于官方第二大语言，平时生活中用西班牙语也可以应付得来，所以在美国有些西裔只会讲西班牙语，不会英文。

这个波多黎各聚会也是如此。来参加的大部分人都讲西班牙语，我们同去的两个人，都听不懂，所以我们只好傻傻地自己吃，自己玩。

偶尔有几个讲英文的过来和我们聊天，我们才说了几句话。想起以前经常邀请老外去唐人街的一些聚会，中国人居多。我们也是叽里呱啦地讲中文，不懂中文的老外朋友肯定也和我们今天晚上的感觉一样。这次我们是彻底地"感同身受"了。

还好西班牙人都很热情，即使语言不通，我们也能感受到这份好客与热情，所以整个聚会玩得也很开心。

当天晚上只有郑棋蓉、海伦和我不讲西班牙语。

西班牙裔的人口数量是除白人、黑人以外的最多的族群。

乐队现场演奏，歌星伴唱，旋律热情、奔放。

老老少少都跳得很欢，我都差点忘记这是颁奖的活动，还以为是专门的舞会呢。在这里不得不说一下，西班牙语系的人真的很会

跳舞，波多黎各人更是"生下来就会跳舞"，他们的拉丁舞跳得特别棒，个个都跟舞王舞后似的。

很佩服西班牙裔，很容易高兴起来，也很热情，官员们也不例外，中间那位白衣女士是波多黎各的一个市长。

◆ 在纽约曼哈顿带朋友参加商业活动

◆ 纽约时装周,穿参展服装设计师的服装

◆在美国的音乐小镇,这里的主题是音乐,不论男女老少都可以为自己的
爱好疯狂一把(组合 3)

◆招待国内来的朋友吃美国海鲜,与海鲜店的员工合影

在上海国金中心办公室

◆ 在新疆吐鲁番

◆ 在新疆吐鲁番葡萄沟的农家院

◆ 在吐鲁番火焰山

◆2015 曼哈顿唐人街春节游行中领养中国孩子的家庭参加庆祝中国年游行

◆在圣地亚哥和一位街头艺人

◆带领我们投资移民来美的家庭参加美国私人游艇俱乐部活动

◆夏天，在纽约的海边

◆被纽约州长办公室邀请，参加纽约波多黎各日游行，和布里克林区亚裔事务部主任郑棋容，以及纽约州议员、议会副议长 PRTER 还有他的助理合影

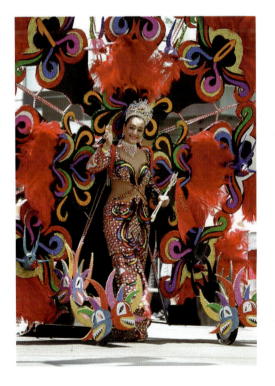

◆被纽约州长办公室邀请，参加纽约波多黎各日游行

◆ 在 50 亚裔杰出企业家颁奖典礼上，与美国前交通部长 Norman Mineta

◆ 在美国凤凰城参加名车拍卖展览

◆ 在美国凤凰城参加名车展览会，会上除了有古董车、手工改装车、概念车，还有部分飞机展出

在美国凤凰城参加名车拍卖会，这位老先生身后这辆车就是《蝙蝠侠》电影里那辆车，是他自己手工改造的，在拍卖会上竞拍成交价是420万美元，也是当时拍卖价格最高的一辆

◆在曼哈顿华尔道夫酒店参加印度富豪家族婚礼，与103岁的老奶奶，老奶奶很喜欢我，看淡人生的她给了我不少人生忠告

◆ 在美国新希望小镇

◆ 在纽约参加复活节游行

在纽约遇到一位在脸上刻字的老美

◆带领新移民家庭在纽约海边搞海鲜烧烤聚会。海里的螃蟹直接抓了就烤,但纽约法律规定,每人每天只能抓 50 只螃蟹,待产母蟹和小于 4.5 英寸的要放生,否则可能要罚500 美元

◆ 我们美高美传媒公司与土豆网合作"三好学生"美国夏令营真人秀节目,学生有中国的也有美国的,这是我们最小的两位学员

◆ 我们美高美传媒公司与土豆网合作"三好学生"美国夏令营真人秀,这是在圣地亚哥拍摄现场

◆ 在纽约参加我们社区的万圣节化妆聚会

不论年龄大小，老少，胖瘦，跳起舞来，绝对都很年轻。

和这里的服务先生合影，喜欢他们很酷的打扮，后来开始跳舞时，发现他们个个都是跳舞高手。

前面是预热，颁奖安排在吃饭、跳舞以后的 10 点 30 进行，今晚获奖的有波多黎各市长，以及波多黎各著名的拳击手冠军等精英，那位很有派头的黑先生是议员，是布朗士区长的爸爸，今晚是他颁奖。

郑棋蓉是布鲁克林区长亚裔事务主任，获奖的只有她一个华人，为了表彰她为西班牙裔社长的贡献，特别颁发了优秀社区服务奖项给她。下图中，裙装居中的就是郑棋蓉，英文名字叫威尼。

和一同去的海伦，我们一起拿褒扬状，大家开玩笑说：到底是哪个获奖呢？

发完奖已经快凌晨 12 点了，但是，在西班牙裔的活动中，才仅仅只是开始，唱歌、跳舞、喝酒，他们的 Party 是要玩通夜的。

虽然我们几个听不懂西班牙语，但是我们也很高兴，我特别喜欢这种无拘无束的聚会。

十三、 教孩子中文从娃娃抓起的美国人

以前听说过这样一件事：

《纽约时报》有位记者，在曼哈顿中央公园附近的富豪区听见两个白人小孩吵架，记者好奇他们在吵什么，仔细一听才发现他们是在用中文吵架。

记者总是爱追根究底，于是他上前搭讪，问孩子们为什么要用中文吵架。孩子们说因为不想被别人知道他们吵架的内容。

原来这两个孩子来自两个不同的家庭，家里都有高学历、中英文流利的中国保姆，按家长的要求保姆平时会教孩子们中文。于是这位记者把这个小故事在《纽约时报》上报道了，美国"中文热"现象，引起了社会的关注。

美国人办的那些中文幼儿园

英文是美国首要的官方语言，西班牙语作为第二流通语言在美国也是大行其道。不过，近几年随着中国经济的发展，中文在美国

的地位也水涨船高。如今在美国，有些大人学汉语，也有幼儿园有汉语教学。

根据华盛顿州的应用语言中心提供的资料显示，全美现有 27 个州在小学、初中或高中设有简单的汉语教学，有 12 家公立和私立院校采用汉语普通话教授主要课程。比如佐治亚州的幼儿汉语教育项目从 2009 年 7 个幼儿班 140 名学生，迅速增长到 2011 年的 110 个班 2303 名学生。

比如美国的俄勒冈州开始试点从幼儿园到大学系统学习汉语普通话项目。比如这个州的伍德斯托克小学附属幼儿园，汉语教学模式就已经比较成熟了，这对于各幼儿园大班的小朋友来说，用汉语描述物体形状已是小菜一碟。

再看旧金山的普利西学校，数年来一直提供汉语学前教育，2012 年新学年又将增开汉语幼儿班。旧金山湾区现在有 23 所带有中文教学的学校。有些是私立的，如普利西，有些是公立学校，还有些则是特许学校，即接受公费资助的民办学校。

很多有中文教学学校的学生，并不一定来自中国家庭。大约有 20％的学生其父母以中文为母语，大约 10％的孩子出生在中国，后被美国父母收养。其他的孩子或是父母为华裔（但其父母可能不会说中文），或是来自和中国没有任何关联的家庭。

作为一个华人，看着那些稚嫩的美国娃娃学汉语，那种心情除了感动，还有一种身为炎黄子孙的骄傲。

也许你会觉得奇怪，老美让孩子学中文的动机是什么？说到这个，就不得不说是因为中国的发展速度世界瞩目，中国的发展机会无限，所以有些美国人认为需要学习汉语，以免落在人后。

还有一些美国家长认为，向孩子们介绍一种新文化，可以开阔孩子的思路。

总而言之，父母总是希望孩子能够迎接全球经济的发展和挑战，而学习汉语，也无异于一种能力"储备"。

不过，身为华人，虽然看到不少老外学中文很自豪，但还是不能盲目乐观。中文在美国的应用程度还是有限的，学中文的老外虽然近年来有所增加，但总体来讲还属少数，希望中文在国际上的影响会越来越大，到时候，咱们都不用苦苦地去学英文、法语了，让老外来学成语，学子曰，累死他们，嘿嘿。

美国那些会讲中文的高薪保姆家教

也许，在很多人心中，保姆是下等工作，是伺候人的工作，但在美国不一样。很多美国保姆有学士或硕士学历，她们认为自己有学历，值得拿 10 万美元薪水或者 10 多万美元，她们为自己的工作感到自豪。

保姆在美国也一直是稀缺工种，正当多数美国工人的工资停滞时，保姆这些年工资的增幅比通货膨胀率约高出 9 倍。保姆的平均时薪可达 12 美元，甚至 17 美元；一些有高学历或者相关专业背景，比如大学生、儿童发展专业或护理专业，他们的收入会更高一些。

还有一些高收入美国家庭，喜欢为子女找个其他族裔的保姆，营造双语环境。西班牙语在美国用途很广，过去外语保姆以西语系最受欢迎。不过近年来中文保姆行情走俏，许多主流家庭也日渐偏好精通中、英双语的高素质保姆或管家，薪水行情颇高，有的月薪达5000美元，有的甚至7000～8000美元。

另外，近年来美国一些主流家庭，开始流行聘用精通中英文的保姆或管家。

美国基本行情，一般华人保姆在华人家庭，月薪1200美元至1500美元，住家超四居室或带两个小孩的可达1800美元，会开车、中英文流利、素质高的管家级保姆，月薪可达2000美元以上。

总的来说，精通中英文或者更多语言的保姆年薪可比普通保姆高出近2万美元。有媒体报道说，两个纽约家庭争相聘用一名华裔保姆，结果将她的年薪一路涨到了7万美元。

有些美国中上流社会家庭愿意出资7万美元年薪，甚至10万美元年薪，聘请学历高，经验丰富，中英文能力俱佳的保姆，准确地说，保姆兼家教。

普林斯顿大学一年级有位17岁的学生叫利昂·弗奇戈特，出身于富豪之家，从小父母就给他雇了一个会说中国普通话的保姆，每个星期又学习2个小时的汉语，所以现在他能说一口流利的汉语，将来有可能从事跟中国有关的工作。

其实，我在美国也认识很多中文讲得很不错的老美朋友。比如我认识的两位主持人，美国小伙张云龙和韩宁，他们的中文都讲得很流利。不过他们的中文可不是保姆教的，而是他们自学的。

看到老美们那么重视中文，甚至从娃娃时就抓起，也许有人会热血沸腾。

但客观来讲，在美国做保姆并不是容易的事，做高收入的中文保姆更不容易。

有些雇主非常富有，甚至是国际知名大亨，他们会不惜支付六位数的薪水请一位满意的保姆。雇主们花了高价，当然想要更多更好的服务，所以要达到他们的要求很困难。他们一般要求保姆首先中英文都要好，还要有合法在美居住的身份，具备良好的教育背景，有丰富的当保姆经验，最好有看护儿童的专业知识。有的雇主还会要求保姆的能够跟随雇主全家旅行，有时在国外呆几个月。

美国的保姆职介所介绍，美国职业保姆通常拥有大学文凭，最好是主修教育、历史、音乐、艺术。他们的年薪在 5.2 万到 15 万美元之间。15 万美元年薪者，需要住在雇主家，24 小时待命，放弃周末与家庭团聚。5.2 万美元年薪者，则每周工作 45 小时到 50 个小时，负责带孩子上学等。

为了找到满意的保姆，有钱人不惜付给中介机构数千甚至上万元的手续费。

孩子会中文好比有了秘密武器

为什么中文在美国也开始吃香，连会中文的保姆都开始吃香？

一方面，中国在国际的影响力增大，很多美国商人看好中国市场，富豪们当然希望自己的孩子赢在起跑线上，从小会中文，希望孩子以后能从事跟中国经济活动相关的工作，不少人家里就正在跟中国做生意，他们不想错过中国热这趟"国际快车"。还有美国家长笑称："孩子掌握了中文，如同拥有了一项秘密武器。"

另一方面，美国的华裔移民越来越多，而且收入和社会地位也在不断提高，大部分华裔移民还是希望下一代能讲中文，所以他们也希望保姆会讲中文。

还有一些被美国家庭收养的中国儿童（目前在美国已经生活着约五万名），他们的家长都希望小孩能懂中文不要忘本。

所以，才会出现"中文热"的现象。根据美国劳工部的数据显示，在美国临时替人照看孩子的青少年的工资大约是 1 小时 10 美元，更有经验的保姆，比如那些有大学学位或者能讲一口流利的中文的保姆，每小时可得 17 美元或更多。

说到这，我又想起有个笑话：

一大群老鼠，正准备从家里出发，去参加一个宴会。出发时，发现有一只猫守在门口，等着晚餐。一窝老鼠急得没了主张。一会儿，只听一声狗叫，猫吓得撒腿就逃。原来鼠妈妈急中生智，想起以前还学过狗语，马上派上了用场，救了全家。鼠妈妈语重心长地给鼠崽儿们说："孩儿们，多学一门外语，多一条活路。"

看来，鼠妈妈的话真是真知灼见啊！保姆会多学一种语言，工资都比别人高。

十四、 美国家庭养育婴儿的开销

朋友叶子，是一位武汉姑娘，来美国 3 年，看着她一步一步适应融入美国生活，结婚，生子，工作。她的先生是美国人，儿子帅帅的，很可爱。喜欢去他们家吃蹭饭吃，看到一家人其乐融融，感受家的温馨和美满。看着她灿烂的笑容，就能体会到她的快乐和自信。

叶子现在边带孩子，边学习考美国会计师执照，她的生活，代表了一部分在美国华人的现状。

下面我们就以叶子为例子，说说美国家庭在养育婴儿方面的开销。

普通美国父母买奶粉、尿不湿的花费

有孩子，当然少不了奶粉、尿不湿，样样都要花费。看叶子一家人在孩子身上的花费：目前叶子的孩子两岁多，每月 3 罐奶粉，大概 70 美元；尿不湿 30 美元左右一箱，一个月一箱差不多就够了。在这方面的花费，叶子一家的花费差不多 100 美元。当然可能还需要一些别的辅食，比如米粉、果蔬肉泥、水果之类的，我没有问得特别细，在这方面估计和我们没孩子人均消费差不多，不会占总开销的太大比例。

在网上看到还有一个网友在晒她的育儿花费清单，列的是他们家孩子四岁以前的总开销：

婴儿时期奶粉尿布：2000美元。

儿童时期吃饭：一年1000美元。四岁食物总开销6000美元吧。

服装：1000美元。

兴趣班：学小提琴，一星期两次每次半小时，花费大概400美元。画画学了一年多一点，一星期一次共花费1000美元。游泳，到四岁之前估计花费300美元，一星期一次课。共计1700美元。

玩具、书籍、DVD：保守统计四年中花费DVD400美元，书400美元，玩具800美元，共计1 600美元。

娱乐：主要包括周末游玩，公园年票，每年度假，大约5000美元。

必备用品：包括汽车坐椅，小时候的推车和一些必备的家具，洗漱用品。共计2000美元。

医疗保健：医药保险付了绝大多数，自费部分包括常用药，维生素大概四年里700美元。

总额：不算住房花费，四年保守地统计下来在儿子身上花了54 000美元。

其实，开销方面，美国养育一个婴儿在上幼儿园之前不算太贵。等上幼儿园了，花费就会相对多一些。叶子告诉我，他们家附近有的幼儿园每月 800 美元左右，也有的每月 2000 美元左右。价钱贵的，条件会好一些。不过便宜的，也不会差到哪去。都是看个人的选择。

美国的妇婴幼儿特殊营养补充计划

美国还有一个 WIC 计划：women，infant and children 的首字母缩写。专门针对低收入家庭。

WIC 计划全称为：妇婴幼儿特殊营养补充计划。主旨是为低收入的孕妇、哺乳中和产后的妇女以及 5 岁以下有营养不良之虞的婴幼儿提供补充食品、卫生保健转介、营养教育和哺育母乳的推广与支持。

每一个美国人，都可以在当地的 WIC 计划办公室预约办理。他们会根据你家庭的收入（工资、小费等）和非劳动收入〔子女抚养费、失业补助、补充保障收入（SSI）等〕，来决定你是否属于 WIC 计划之内。

WIC 计划一般都是发一些食品、生活品的领用券，比如蔬菜水果或者全麦面包。另外加入了 WIC，没有保险的准妈妈可以享受生育优惠，相当于政府给埋单了。宝宝出生后自动由政府给上保险。一般自费给孩子上保险，每月大概 300 美元。除此之外，妈妈也继续享受免费健康保险。

　　WIC 还为吃配方奶粉的宝宝提供部分保障，提供的奶粉有 Similac（雅培）或者 Enfamil（美赞臣）等品牌。如果医生证实宝宝缺少某种物质，或者是过敏体质，给开个处方，也可以向 WIC 申请那些计划外的特殊配方的奶粉。

　　其实，花钱是一方面，父母们为了养育孩子，花费最多的是精力和时间。不论是中国还是美国，世界各地恐怕都一样，夫妻们从决定要孩子的那一刻起，就已经准备好了牺牲很多东西。

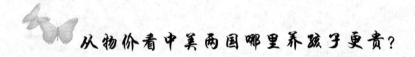

从物价看中美两国哪里养孩子更贵？

　　经常有人问我在中国生活成本高还是在美国生活成本高。其实，我个人认为，就生活必需品的物价来说，美国比中国要便宜一些。

　　而对于养育孩子来说，低收入家庭的孩子上学从幼儿园到大学有的可以免费。而且美国有政府会补助失业者，生病住院都有国家的保险，老年人生病不仅有保险，还有特别的家庭护理，低收入的家庭有国家发的食品券，穷人有教会和一些专门机构送的衣服和面包，看看美国人的收入，最低生活标准（760 美元/月，美国如果低于这个数，国家会发放补助），也有国家分的低收入住房，月租几十美元到几百美元不等。

　　看美国的物价：在华人超市，活螃蟹海鲜，一打 12 只任你挑，价格从 5.99 美元到 12.99 美元，根据季节质量而变。猪肉、猪排骨 0.99 美元一磅，特别是像猪肝、猪心、猪脚各类内脏，各种骨头等价格都在 0.50～0.99 美元，在美国买任何东西，都要加税，每次结账时买单的价格和实际的价格不一样，就是加了税。不过，有些也涨价了。

泰国米 50 磅装的，18 美元左右一袋。大白菜，每磅 0.50 美元。西红柿 1 美元 1 磅。葡萄 0.99 美元 1 磅。6 瓶百威啤酒 7 美元。3 个或者 5 个橙子 1 美元。

一家三口，在生活上，如果你不出去吃喝，平平常常，一般的日子，每个月差不多 300 美元就够了，还必须得加一句：博友留言现在都涨价了，现在 300 美元肯定不行了。不过，在美国，吃方面的花费确实不贵。

在这里，要特别说明一下：

千万不要用美元和人民币来比，用乘七之后的数来对比物价，因为人们在美国挣钱，在美国消费，1 美元和 1 元人民币实际上是一样的意义。

美国任何东西，个人收入在哪里都要交税，买任何东西在结账时都是要加税，手机还有其他教育费等等这样那样的税，所以比实际价格要高。

本文里我主要讲的华人社区，老外的超市东西的价格要稍微贵一点，但总的说来，生活的花费在收入中不会占太大的比例。

再说买衣服、包包、鞋之类：一双意大利皮鞋，50 美元至 100 美元，一双耐克和阿迪斯平均 60 美元左右，Coach 包也可以卖到 60 美元一个，LV 在这里也不是很贵，笔记本电脑 300 美元到 600 美元也可以买到，一般的普通手机如果你开计划就免费送机（有点类似于国内的预存话费送手机），如果你白天需要打的电话不多，就可以选一月只付 29.99 美元或者 39.99 美元，白天和平常打 600 分钟，其他时间，如晚上 9 点至凌晨 7 点以及双休日全天，都是免费，有些公司，只要付费 39.99 美元或者 50 美元，包含税，还不需要身份证件，你就可以黑着良心随便打，打进打出都没关系，包括上网、发信息，想继续用这个号码时就美元交费，不想用时就不交费，很多到美国来居住短时间的人很喜欢这种计划。

正因为美国人在生活上的花费不多，所以对于养育孩子的压力就相对小了很多，空闲时间还可以带着孩子全家出去旅游度假。

十五、 在美国美甲店打工赚多少钱？

写《名人》专栏时采访过很多成功人士，有些老板，特别是来自温州、福州的一些老板们说："当年来美国时，英语不好，找工作没有单位要，所以只有自己当老板。"这句倒是实话，他们自己干，从摆小摊开始，现在事业越来越大。

和他们一样，很多来美国定居的华人，一开始到美国时，英文不好，找工作就成了问题。几十年前，上一辈华人移民来美国，很多人都以开洗衣店谋生，工作辛苦，收入微薄；后来开饭馆，事无巨细，操劳不已；现在中国人来美国，很热门的门店生意就是开美甲店，原来韩国人开，后来被中国人学到，渐渐地开得遍地都是。

漫步在美国纽约街头，精致、整洁的美甲店随处可见，在这些店里，大部分美甲师都是亚洲人。近几年来，华人美甲师异军突起，逐渐占领了主导地位，成为纽约美甲行业的大军。他们以热情的服务、合理的价位以及精细的手工赢得了顾客们的赞赏。

很多老外评价："我不得不佩服中国人的巧手，他们总是能够在最短的时间内把我的指甲修得最漂亮。"

新移民们凭自己的辛勤劳动，挣钱买车买房子，一步一步实行自己的美国梦。

美甲店工人收入行情

美国的修甲业一直由新移民支撑，由于从事指甲业不需要很好的英语程度和很多资金，投入少、回报快、风险低，只需短期培训便可取考执照，加上有人认为餐馆太累，装修太脏，所以美甲工非常受新移民青睐。

也有不少中国人在美甲店打工一段时间，积累了一定的资金和经验，自己就开始开店当老板。

据说，纽约地区美甲店工人工资目前的行情是小工每天底薪50至70美元，消费旺季大约每天能赚到60美元至70美元，甚至更高，淡季也有30美元至40美元。大工底薪至少100美元一天，有的地方甚至更高。另外的收入是小费，看服务态度和技术，这部分的收入会因人而异，是收入中很重要的部分。一般顾客付给甲店员工的小费都在消费额的20%左右，但因"活儿"的好坏、复杂程度、对客人态度等差别很大。

由于大部分都是现金收入，对于刚到美国，英文水平有限的新移民来说，是一份不错的工作。

不过，美甲工虽然入门门槛低，也不是所有人都能做。在美国，很多工作都必须要有执照。做美甲师，需要美甲师执照，考一个美甲师的执照要学习250小时，费用在1600美元左右。另外，在美甲店工作，还要有脱毛的执照、按摩执照等。在店里，必须挂出每个在这里工作人的执照，不然是违法的。

通常在美甲店里打工的小工们需要 1 个月至 4 个月不等的时间学会基本美甲。而学会高级美甲，包括刷粉、贴假指甲等工序则需要靠个人的天分，有的小工几个月之内就可以完全掌握要领，也有的人干美甲好几年也只是停留在中等阶段。一名熟练的资深美甲师的日收入最高可达到 90 美元至 100 多美元，算是打工族里的高薪者。从业人员收入从 2000 美元到 5000 美元不等。

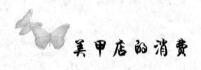

美甲店的消费

美国人参加 Party 或者聚会等活动都很讲究，都要来专门做指甲，做头发，西装革履。

不但女性要做漂亮的指甲，先生们也经常光顾美甲店，保养指甲，所以美甲店的生意不错。一般的美甲店店内都有按摩椅，顾客边享受脚部美甲服务边休息，很惬意。

在价格方面，美甲店都是明码实价。我常去的那家，做手指甲、脚趾甲全套 18 美元，另外加 10 元左右小费。老美喜欢把手和脚指甲打扮得美美的，参加任何活动前都要认真对待，美甲、美发、美容，没有一点儿含糊的，保养手部及指甲的费用在美国人日常消费中占据相当大的份额。

很多人在美甲的同时，都喜欢和美甲师聊天。美国很多女孩，都把美甲师当成倾诉的对象、心理治疗师。美甲师也要有一点这方面的职业操守，顾客的事情，不能泄露，否则口碑不好，生意就不好。所以如果英文能过关，你的顾客就会更多。

装修豪华的美甲店

如今，华人开办的美甲店像雨后春笋般不断冒出。有的美甲店小而舒适，开在华人集聚地的法拉盛、唐人街，为爱美的华裔女性服务；也有的在曼哈顿，装修豪华，专门服务高级白领。

曼哈顿第五大道就有一家华人开的高档美甲店，装修美轮美奂，据说花了十几万美元，客人坐的椅子都是真皮的，还有水晶吊灯和价值不菲的内饰。他们服务的对象除了高级白领之外，就是住在第五大道、公园大道和中央公园附近的富人。在这里，随便做一个指甲保养的价格相比法拉盛、唐人街价格的一倍还多，小费也给得多。这家店里的美甲师都是最少有着五年以上经验的熟手，他们都说着流利的英文。

另外，现在在曼哈顿中上城等黄金地段，不少高档美甲店也闪烁着男性修甲工的身影，越来越多的外族裔女性喜欢让男性修甲工服务。就像世界上很多名厨或名裁缝，修甲作为新兴行业蓬勃发展，男性修甲工越来越受欢迎。

为圆美国梦，凤姐甘当修脚妹

不得不说凤姐是个人物，在中国闹腾得沸沸扬扬，在美国，人家也没有消停。"是块金子在哪里都会发光"，牛人就是牛人，凤姐硬是要把自己往国际化的路上整，时不时就爆出惊人的消息。

不过，凤姐到了美国不久，也有很大的转变。刚开始凤姐到了美国之后，去了美国中文电视面试想当记者，还曾扬言找不到工作就要自杀。只是不知道什么原因，记者没有当成。

随后，网传凤姐在美国又开始散发起征婚传单，虽然条件依然有些苛刻，但能看出凤姐确实有意留在美国成家过安定的生活，不过结果似乎没有那么顺利。为了解决生计问题，凤姐开始在纽约做起了指甲修脚，同时想办法办绿卡，过着给老外修脚的日子。

其实，我个人倒觉得，凤姐到了美国之后，越来越脚踏实地，她大小在中国也算是个名人，在美国却做起了修指甲工，好像已经不在乎什么了，只为了实现自己的梦想。

十六、 华人喜欢美国的 N 个理由

经常有人问，到底美国怎么样？到底在美国生活好不好？

我这种人在哪里生活都习惯，都会很快适应进入角色，我喜欢中国，也喜欢美国，所以，我的回答不一定准确。

在美国生活了十多年，刚开始时不习惯，住久了，熟悉了这里的方方面面，有自己的社会圈、生活圈、工作圈、朋友圈，所以也越来越喜欢在美国。其实，在哪里生活都无所谓，开心健康最重要。

网友罗列 "喜欢美国的十大理由"

有一次在网上看到一个名叫 Youzi 的网友发了一篇文章写了在美国生活十年的感受，还有很多网友补充了很多，写了一篇"我们喜欢美国的十大理由"，不一定说得全面，但是很有意思，在此引用一下：

Youzi 刚来美国时，觉得美国也不过如此；

出国三年，回国发现自己在美国受了好多委屈，回来以后竟失落了好长时间；

住了五年回去，觉得国内人太多了，受不了那个熙熙攘攘的热闹了；

出国七年回国住了两个月，回来发现还是美国好。

在美国久了，发现了美国的许多好处：

第一个理由：在美国自由。

自己的事自己管好了，基本就没问题了。

没有哪个领导整天管着你，告诉你怎么怎么样。即使有个领导，你也不必看他在你面前人五人六地晃悠，再大的老板也和你一样在透明的格子间里办公，你也不用羡慕谁的官比你大，官大有官大的烦恼。不像国内的领导和老板牛得要命，不管多小的官，也拿自己当干部。

第二个理由：在美国不用走后门。

在美国快十年的网友 Youzi 说，自己找工作、换工作、办绿卡、买房子买车、孩子上学等从没有托过人，一切按正常的程序走下来，没有人"吃拿卡要"，没有人故意刁难，没有人拖拖拉拉。

第三个理由：美国是孩子的天堂。

曾问过许多孩子，喜欢中国还是喜欢美国，大多数回答喜欢美国，少数回答美国中国都喜欢，极少数孩子说只喜欢中国，不喜欢美国。

网友 Youzi 问自己的两个孩子，喜欢中国还是美国，孩子们都会毫不犹豫地说喜欢美国。她问："为什么？"儿子说："美国的老师对学生好。"

Youzi 的儿子在中国上了两年小学，他特别不喜欢他的那个班主任。

Youzi 的女儿说："美国好玩的地方多，夏天可以去 camp。"

第四个理由：在美国工作只要做好自己的事就可以得到赏识。

Youzi 的老公是个老黄牛，在哪儿都只知道埋头干活，既不善于巴结领导，也不善于处理人际关系。

在美国的公司里，她老公不用太在意这些，没有什么评先进之类的事，涨工资就凭老板的 PE，他的老板很公正，年年涨工资都把 Youzi 的老公放在最高的 level 上，去年全公司不涨工资，老板给他发了奖金，今年又一下子给他涨了两年的工资——把去年没涨的工资给补上了。

第五个理由：在美国没有攀比心理。

你住什么样的房子，开什么样的车，孩子上什么样的大学，你上不上班……都是你的选择，你不用在乎别人怎么说或怎么想，自己的日子自己过得顺心最主要。

第六个理由：美国地大物博（以前以为这是形容中国的，其实形容美国更合适）环境好，空气新鲜。

回国一下飞机，就能闻到空气里的一股味道，嗓子特别不舒服，即使在农村，也没有了晴朗的天空，城里的化工厂都被"招商引资"到农村，没有经过深入处理的废气就直接排出来。印染厂、纺织厂的废水把沟沟汊汊的水道都染黑了。

第七个理由：美国东西便宜，房子、车都比其他国家便宜。

在国内买个名牌的东西要花很多冤枉钱，在美国就便宜得多了，这个就不用多说了，美国也许是世界上名牌商品最便宜的国家，无论是谁，来美国都要扫点货回去。

第八个理由：人与人之间相对平等。

也许有人会说美国有种族歧视，其实哪里没有歧视？城市人歧视农村人，大城市的人歧视小地方的人，白领歧视蓝领，在美国至少没有人敢明目张胆地歧视你。

……

有奶就是娘

Youzi还说："我说美国好，你不用和我急，其实不光我一个人说美国好，许多现在还住在美国的人，大部分觉得美国还可以。而且还有许多人就盼望着能来美国，这不，我两个同学的孩子今年又出来留学了，一个上大学，一个上高中，他们也不会把孩子往火坑里推。我还有好几个朋友正在为孩子出国留学的事忙活呢，美国是他们的首选。

"你也许要说我这是典型的有奶就是娘。其实是人都有点儿现实。我不过是尽量去爱我住过的每一个地方罢了，从故乡到异乡，我的家已经搬过了好几个地方了，每到一地，我就努力去适应、去喜欢。

"因为如果我永远都离不开我出生的那个小村子，我就永远不知道外面的世界怎么样。

"我现在最陌生的地方就是我出生的那个小村子了。离开那里 20 多年了，在那里我是一个地地道道的客人，许多人都已是相见不相识了。

"我和家里人有个约定，等我们老了，我们就去到世界各地住住，每到一个地方就去租一间房子，住上一年半载，如果只是走马观花的旅游，对这个地方不会有真正的了解，我还会爱上哪里也说不定呢。"

十七、 中国留学生在美国的爱情抉择

　　越来越多的中国留学生来到美国，开始申请学校时就想到了今后的工作问题，地球人都知道，这段时间留学生毕业在美国找一份工作有多困难。今天我要讲的一位男生，在美国学习金融，毕业后经过艰辛的寻找等待，终于找到了工作，这时候和相恋了几年的女朋友情感出了问题，面对她工作单位上司的追求，女朋友摇摆不定，让这位留学生陷入放弃美国工作回国的困难抉择中，如果你是这位留学生，你会做出什么样的决定？

　　下面我就要来讲讲这位留学生的爱情故事，同时也是人生选择的故事。

情窦初开偶遇爱情

　　我们先来说说男主人公吧，男主人公算是我的老乡，我是重庆人，他是成都人，在文章中我们姑且叫他小伙子吧。我们认识，是因为他看我的博客，他告诉我他的故事，包括工作和爱情，他叫我高姐，我也很喜欢和欣赏这位人品好、做事情认真的小兄弟。

小伙子家在成都，在最浪漫、最容易邂逅爱情的大学时期，遇到了女孩儿。

她是低他一级的学妹，一开始双方并没有存着认真的心去恋爱，因为他一心想要出国念书，她对未来并没有很具体的打算。但是慢慢双方都觉得对方很合适自己，包括双方的家庭也都非常的认可。于是，逐渐地也开始认真起来了。

小伙子是一个比较乐天的人，在感情方面不是一个喜欢把后路想好的人，而是喜欢全心全意去做，哪怕最后结果不好也没有关系。女孩儿对感情则属于"未雨绸缪"那类，也是很需要人照顾的那一类。

大四那年，女孩儿眼看着男孩儿要出国留学，也许是对这段感情感觉越来越把握不住，所以她希望男孩儿给她一个承诺，一个未来的约定。满腹理想的男孩儿，觉得自己一无所有，现在还无法给女孩儿有保障的未来。所以无名指的承诺，始终没有说出口。

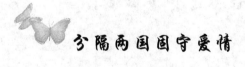

分隔两国固守爱情

大学四年就在这种略带悲哀的甜蜜中结束。男孩儿通过不懈的努力，实现了梦想，去了美国深造。

男孩儿去了美国后，两人的恋情还在热烈继续，这之间也经常为了以后的打算而吵架。为了让女孩儿安心，男孩儿不断努力，美好的未来也越来越有希望。所以两人商量好，等工作稳定后立即结婚。

那一年，女孩儿25岁，还在读研，没毕业。男孩儿想，等他工作两年了，她也差不多刚刚工作，正好结婚，女孩儿答应了。

后来又过了一段时间，男孩儿在美国也毕业了，两人又开始讨论结婚的话题。

和大部分到美国留学的人一样，男孩儿也想尽量留在美国，或者在美国工作一段时间，有了工作经历经验再回中国，所以他就奋力找工作，等解决好身份问题以后就把女朋友接到美国来。

小伙子在美国的时候，我有采访或者活动就邀请他参加，一些朋友看他很优秀，人也帅，性格又好为人很真诚，都很喜欢他，就给他介绍女朋友，他每次都会说他有女朋友在中国，他们关系很好，我们开玩笑说：在美国找一个，放弃中国那个，他都坚决的说不能这样。

千山万水的安慰，敌不过身边的温柔

在男孩儿找工作的这段时间，女孩儿在上海一个外企实习，对于未来一直摇摆不定，很矛盾，不时催促男孩儿赶快回国，不时又让男孩儿留在美国好好工作，拿到工作签证后接她过去。

后来，男孩儿终于找到了工作可以留在美国，公司的老板也很愿意帮助他办理身份，尽快把女朋友接过来。

可是这个时候，他却听女孩儿说，在实习的公司，有一个比她大8岁的上司对她表白，女孩儿言语之间，如果这时候他不回中国的话，她就会心动，跟上司在一起。

男孩儿天天给女孩儿打长途电话，期间他们又达成共识，女孩儿也说再坚持一两个月，小伙子的单位也答应尽快帮办理工作手续，让他把女朋友接过来。

但是后来好像又不能坚持了，要小伙子做出决定，毕竟隔着千山万水几句话的安慰，怎么敌得过身边的温柔？

小伙子郁闷了接近一个月，瘦了十斤，最后为了爱情，还是回国了。

 ## 回国才发现女友早已出轨

回国之后，小伙子发现在他回来之前女孩儿已经出轨了。

小伙子最难过的并不在于女孩儿做了出轨的事，而是两个人五年的感情就这么被一个月的时间给敲碎了。

他说：毕竟真心付出过，也没有什么遗憾了，不过我不确定以后会不会再对一个人这么好了。感情就是这个样子，付出和回报永远是不会成正比的，"我爱你"可以说一万句，但是"我们分手吧"一句话就够了。

小伙子回国后，一直没有和变心的女朋友见面，后来他重新从事他喜欢的投资银行的工作，一心扑在工作上。

 **该不该回国?**

不知道大家听完这个故事,有什么感想?这个男孩和我有很多共同的朋友,知道这件事的人,对于他当初的决定分成了两派。

A派:认为这位小伙子不该回国。

这一派的人都为小伙子感到惋惜,同时也觉得他傻。朋友甲说:"我觉得小伙子的女朋友很没有道德。出格什么的,其实没什么,大家还没结婚,有自由选择的权利;但是你已经决定分手了,已经和上司好上了,为什么还要把人家骗回来,让别人失去了留美的机会。"朋友乙也很不忿:"要知道,有多少留学生削尖了脑袋,想留在美国工作,而小伙子也是历尽千辛万苦,通过不懈的努力,才在纽约找到了工作。结果为了一个已经变心了的女人,为了一段已经注定分手的感情,不顾一切回了中国,最后却落个人财两空。还有,这个女人这么做到底图什么?既然要分手,就分吧,早点告诉人家结果,也免得人家再跑回来,现在这样真是损人不利己。"

B派:认为这位小伙子应该回国。

这一派的人认为,两个人五年的感情很珍贵,就算是女方有异心,也要试着挽回一下。比如我的另一个朋友丙说:"毕竟相守这么久,很不容易,别说是大好前途,就算是付出更大代价也值得一试。回国试过了,毕竟真心付出过,就算结果不尽如人意,也没有什么遗憾了。更何况,事情的结果其实也不算太差,谁能知道他以后在国内是不是会比在国外发展得还好呢？他的夫人可能也比当初的那个女朋友优秀或者更适合他。"

每个人的一生，都要面对无数个选择。有的事关重大，有的无足轻重。在面临这些选择的时候，我们经常会陷入两难。如果是你遇到这种问题，你会怎么选择呢？欢迎大家留言阐述观点和想法。

十八、 美国中餐馆的那些事

一位在美国很多年的华人，曾经唱过一首歌："河山只在我梦里，祖国已多年未亲近，可是不管怎样也改变不了，我的中国胃……"

这歌词改得真的太有才了，特别是对我来说，太贴切了。

想想我们这些在海外的华人，不论多少年，最改变不了的就是我们对食物的偏爱。所以，有一个笑话说："日本人说，有路的地方必有丰田车。中国人说，有人的地方必有中餐馆。"我们开玩笑说：如果哪天所有的中餐馆罢工，好多美国人都要饿肚子。

据说，犹太人离不开中餐，但他们老是说，犹太人的历史比中国还长 2000 年，有人就有意见了，那 2000 年没有中国餐，你们怎么办呢？

去年在凤凰城时，跟一个老美朋友开了很远的车，来到这家中餐馆喝早茶，真是没想到，这里也有那么大的中餐馆。

 ## 中餐馆在美国有多大贡献？

在美国，无论在繁华的曼哈顿还是在偏远小镇，人们都会看到中餐馆。中餐馆，在美国各个州遍地开花，开中餐馆是早期华人来美的一种生存手段，即使现在，很多福建、广东的移民还是把开菜馆作为原始积累阶段的主要经济来源。

早年很多广东的移民开菜馆，菜的味道都是广东味，淡淡的。后来福建大批移民，特别是偷渡的，在家乡借债几万美元，被蛇头带到美国。他们一到就隐身在菜馆里，吃住免费，大伙老乡在一起，有个照应，一星期上班至少6天，有些甚至7天，当牛作马还债。

过了两三年，他们还清债务后，开始存钱，然后买菜馆自己当老板，所以很多中餐馆规模都小，往往只有几张桌子，两三个工作人员。堂吃也可以，或者有外卖。一般就是全家人一起，家庭档或者夫妻档，先生当大厨妻子当服务员，孩子收钱或者兼职送外卖，还有请几个送外卖的，以送外卖著名。

开餐馆的原因是很多人开始不懂英语，找工作不容易，送外卖和当大厨不懂英语没多大关系。之前就出现过美国电台在节目里搞怪中国餐馆的事情（见博文：美国的电台节目有多低俗?）。也出现过美国电视台报道华人餐馆卖老鼠肉的事情（见《高看美国》）。

原来中国来美国留学的学生，勤工俭学，差不多都在餐馆里做过工，赚学费钱，其中的酸甜苦辣只有自己知道，还有些留学生从中看到了商机，开始做蔬菜、肉类批发，生意越做越大。

不管你喜不喜欢中餐馆，它的生存状态如何，中餐馆为来美的华人提供了生存之路。比如福建移民，每年就从这些大大小小的餐馆，寄出成千上万的美元回中国，修建了无数希望小学，无数老人中心。据统计，光福建长乐一地，在纽约差不多有 20 万人口，在美国，有"世界怕美国，美国怕长乐"的说法。在美的长乐人勤劳勤俭，据说，一年至少有 9 亿美元从美国寄回了他们的家乡。好多人都修建了花园洋房。

在中餐馆，一般来说，大厨的月收入是 2000～3000 美元，服务人员 1500～2000 美元，吃住都在餐馆里，很多人没有身份，不用报税，花费也不多，可以剩下 1000～2000 美元寄回家乡。据他们说，下岗工人或者农村来的，这种收入换成美元，很划算，打几年工，就可以回到家乡养老。

老外怎么看中餐馆

中餐馆也是让美国人最直接感受中国文化的一种途径。它不但给美国人的生活提供了方便，还繁荣了很多相关产业，如餐馆用具和设施的生产行业、餐馆的装修行业、酒业、超市、种植业、养鸡场、海鲜，等等，甚至婚宴业，为美国提供了大量的就业机会。

美国的中餐馆和中国的餐馆根本无法相提并论，不管从规模还是装修、菜品，美国的中餐馆一般情况下都相差很远。很多中餐馆弄出来的中国菜已经不地道了，入乡随俗，我们称为"美国的中国菜"。

在美国的中餐馆，往往有很中国的名字：中华、长城、熊猫、黄河、长江、秋圆、龙苑、新福建、上海滩、老北京、九寨沟等。

纽约的餐馆，有些规模很大，可以同时容纳 1500 多人，也是不少政客筹款、人们办婚礼的地方，以广东、福建老板的为主。近几年，有些中餐馆的规模越开越大，装修越来越高档。

中餐馆在美国虽有百年历史，但近 10 年发展迅速，不仅是数量，规模也远非 10 年前的"夫妻档"可比，为美国人对中餐的热情推波助澜。其实美国人对中餐的接受程度相当普遍，从北京烤鸭到四川麻辣，从芝麻汤圆到小笼蒸包都有人喜欢。到过中国大陆或港澳台地区的人，或对中餐感情深一些的人，还会买上一本英译的中国菜谱，照猫画虎地在家里做一碗牛肉面什么的。

据说，刚开始时，中餐的地位很高，就像当初西餐进入中国时一样，很贵，请客吃中餐，是一种身份的象征，但是现在，中国来的移民越来越多，竞争越来越多，无论美国人多么喜欢，中国人多么自豪，中餐在美国的现状却不容回避——它是一种廉价的异域风味。在纽约，差不多两个汉堡包的钱就可以吃一顿有菜有肉、有汤有饭的中餐了。中国餐馆付出的还是廉价的劳动力，就像美国百姓生活中离不开"Made in China"一样，价廉物还算美是主要原因。

中餐馆在美国有多大的功劳

要说中餐馆在美国有多大的功劳：对到美国的华人华侨来说，解决了生计，是赚钱的工具，又弘扬了中国文化；对美国人来说饱了口福，又节约了时间和钱。

还有一个秘密：日本菜精细，价格比中国菜高，其实，不少日本餐馆的老板是华人。

近几年来，川菜很受人喜欢，老外朋友往往吃过一次以后，很多人就喜欢上了，像曼哈顿有好几家：大四川、五粮液、故乡味、朵颐，还有成都印象、草堂生意都不错。每次我回中国还是从中国回来，老外朋友给我饯行、接风都会选择在这些四川菜馆，他们知道我喜欢吃辣，其实他们自己也喜欢。

现在也有不少中国餐馆的菜味道相对地道，特别是在华人社区，你可以找到任何口味的餐馆。在那里，如果口味不地道，人们就不喜欢。生意自然也不好做。要是想彻彻底底地感受家乡的口味，就不是很容易了。家乡的味道，除了味蕾和口感，又多少有情感掺杂其中，这个谁能模仿得出呢？

中餐馆翻译的英文菜名很吓人

中国人吃的名堂特别多，早期的华侨在海外，开中餐馆是很重要的谋生手段，在国外开餐馆，都要把菜的名字翻译成英文，有些可以直接用拼音，有些要解释其含义：

听过一个笑话：一个在国外中餐馆打工的小伙子，每次上菜时都会用英文给老外报菜名。那天中餐馆的老板创了一个新菜，名字很长，直译过来是："老板娘的手艺烹制的特色田鸡腿儿。"小伙子刚来美国不久，语言本来就不灵，上菜时一紧张就报成："田鸡的手艺烹制的特色老板娘腿儿。"这种就是解释的含义。

现在中国有很多老外，所以不管是在国内还是在国外的很多餐馆都推出了中英文双语菜单。

"童子鸡"按照其意思该怎样翻译？　"还没有性生活的鸡"（Chicken Without Sexual Life）？想来咱们老祖宗发明这道菜的本意，也只是要标榜材料的鲜嫩爽滑而已，没有谁要打听鸡先生的私生活。有一个网友更好玩，他说："童子鸡翻译成'还没有性生活的鸡'，这还不够准确，应该是'还没有性生活的公鸡'，要是母鸡的话应该是'处女鸡'了。"

"四喜丸子"被翻译成"四个高兴的肉团"（Four glad meatballs）；

"红烧狮子头"被译成"烧红了的狮子头"（Red burned lion head）；

"麻婆豆腐"被译成"麻脸的女人做的豆腐"（Bean curd made by a pock-marked woman）；

"蚂蚁上树"被翻译成"一堆在爬树的蚂蚁"（A pile of climbing the tree）（还真有点像一大群蚂蚁在爬树，不知道老外看见英文菜名再看见这道菜，敢不敢吃）；

"驴打滚儿"被翻译成"翻滚的毛驴"（Rolling donkey）（看到右边这个图就口水滴答的，不过左边这位老兄看着就没有一点食欲）；

还有一次一个老外在一家东北餐馆看到"老虎做的菜"（tiger dish）时，吓了一跳，老虎不是受保护的动物吗？他们怎么敢吃老虎肉呢？

这些笑话都很有意思，但老外们确实很喜欢中餐。

就是我回中国前，美国朋友给我饯行，都请去中餐馆，知道我喜欢吃辣的，特别是曼哈顿的川菜馆。

不过在纽约老外们点菜并不费劲，因为菜单翻译得都特直白。比如，鱼香肉丝就是"肉丝在大蒜酱汁里"（shredded pork in garlic sauce），咕老肉就是"酸甜鸡、酸甜猪肉"（sweet and sour chicken/ pork）。

以此类推，只要是"××in garlic sauce"，老外们就知道，"噢，是鱼香××"。

还有红烧一般会明说是用酱油（soybean sause）做的，而不是笼统地说是 brownsause，这样不喜欢酱油的外国人就可以不点这道菜了。

虽然也有些中国菜翻译不是很直白，但由于这些菜早就很有名了，所以老外们都知道是什么。比如豆腐就是"Tofu"，比如"宫保鸡丁"就翻译成"kong pao chicken"，虽然你问老外什么是 kong pao 他们说不清，但跟他们说 kong pao chicken，他们大概就知道有什么原材料，是什么味道。

十九、 红遍美国的中国饼干

一位中国人来美国，和朋友一起吃中餐，吃到最后，来了一盘"幸运饼干"（Fortune cookies）。大概是第一次吃，她直接咬了一口，发现咬到一张纸条，惊奇地说：这饼干质量太差了，这么大的一张纸条都没看见，被做到饼干里了。

在座的老外很吃惊，说：这是幸运饼干！中国人发明的，你们中国没有吗？

问话的和被问的都一脸茫然。

红遍全美， 遍布全球

在美国的中餐馆吃完饭后，服务生常都会送上一小碟幸运饼干，金黄的外表，呈菱角状，脆脆的，有一点点甜甜的味道，很多去中餐馆吃饭的人都很喜欢，幸运饼干在美国很受欢迎。

全世界每年生产30多亿个幸运饼干，而几乎所有的幸运饼干都来自美国，不过幸运饼干内的中文签语却传遍世界各地，除美国以外，英国、墨西哥、意大利、法国等地方的中餐馆内均可见到它的身影。惊人的是，2004 年巴西全国乐透的彩券中奖者表示，他们所选的号码是来自一家名叫"中国城"餐馆内赠送的幸运饼干签条。

这种"幸运饼干"，在纽约的很多华人开的快餐店都有。里面是空心的，外皮和蛋卷类似，吃的时候掰开，会有一张带字的纸条。有时会有个预测命运的签文，有时是一句祝福语，有时是人生格言，有时是运势预言，内容不外乎事业、学业顺利之类。

不过，也有的华人很懂创新。

我就见过一种，掰开后纸条上是教美国人说中文，背面则是买彩票的幸运数字。

这种创新大受欢迎，很多顾客会特地主动要。它已成为美国的一种中国餐厅文化。

BTW：下图是从网上找的，那双手不是俺的手哈！

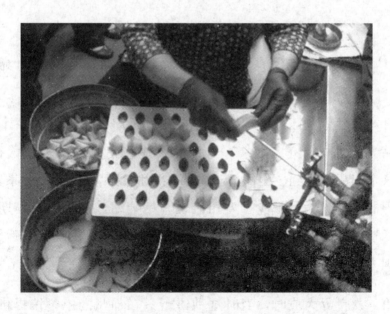

中餐馆特色： 只在美国有， 中国却少见

不止一位美国朋友对我说，"幸运饼干"是他们吃中餐最开心的一部分。在他们的想象里，中国人连吃顿饭，都和看风水求八字一样，要算算自己的运势，看看是不是吉利。尤其对于一些对中国半知半解的美国人，把这种幸运饼干当成中国版的"吉卜赛纸牌"。

所以，很多人都问过我，幸运饼干是否源自中国。我无法回答他们。我只能老实告诉他们，我在中国吃饭，从来没有这种点心。

可以说，幸运饼干已经成为了美式中国文化，只在美国有，在中国本土却很少见。也有人说，这种文化，其实只是商家为迎合美国人对中国文化的想象而创造出来的噱头和产品。

也许源于日本， 但却被美国华人发挥到极致

日本有学者考证，幸运饼干源自几世纪前东京郊外的一个以烘焙食品为业的小家庭。后来，与日本人移民到美国从事餐饮行业，就把这个小甜点带到了美国。直到第二次世界大战，美日关系紧张，在美国的日本人大量减少，寿司店也开始萎缩，一些中国早期移民接手了这些生意。之后，其他开设餐馆的中国人也发现了幸运饼干，而中国人的模仿学习能力超强，由此便将这种幸运饼干发扬光大。

第二次世界大战时，当时这种饼干只在加州的中餐馆提供，名

叫"幸运茶饼"。随后，一些军人吃到了这种饼干，当这些老兵回到家乡时，他们询问当地的中餐馆，为何没有提供像旧金山餐馆一样的饼干，从此幸运饼干传播开来。

其实，俺倒是觉得，管它是谁发明的，只要看最后是谁用得最好，是谁得到实惠，那才是王道。必须说，日本人可能发明了幸运饼干，但中国人发现了饼干的潜力。

 ## 祝福你的是别人，激励你的是自己

大家都喜欢 Fortune cookie，我不得不说，好话人人爱听，特别是这种机缘又玄妙的箴言。

我在网上看到有人说，他经常在中餐馆的餐桌前受到 Fortune cookie 的暗示和鼓励，有时更是像是接到指令一下子振作精神，自觉不自觉地赶紧依照指令做些暗示的事，然后满怀侥幸地期待验证许诺的结果是否能够如期应验。

他还说，早年他刚来美国，根基还不深，有一次从野牛城飞到西雅图两趟应试微软的职位。月初的那一次，阴差阳错，掉链子。然后他把希望都寄托在月底 31 日的面试上，因为那关系到他们全家能否举家西迁。

30 日傍晚，他来到西雅图，随便到一家中餐馆吃饭，饭后掰开的 Fortune cookie 里的小纸条，看完后，原本士气消沉的他像打了鸡血一样军心大振，小条子上的话大意是：You missed many chances in this month. but, don't worry, my friend. You still have a bigger chance later this month.

就靠着这句暗示，他真的在这个月的最后一天 31 日通过了面试，拿到回野牛城搬家的 Offer letter。

从这个故事，我们大概就能知道，为什么人们都那么热衷于"幸运饼干"了。

因为它能给人良好的心理暗示，然后人们会不自觉地按照这个目标去努力。做到之后，人们还会感叹："幸运饼干"果然很准！殊不知，祝福我们的是别人，激励我们的却是我们自己。

看来，如果能在唐人街的食品加工厂，当一个制作 Fortune cookies 的面点师，每天把千万个祝福呀，警示呀，鼓励呀，藏进平常的 cookies 中作成 Fortune cookies，也是一份很美的工作！送人玫瑰，手有余香；送人祝福，好运相随！

一直很好奇，纸条是怎么放进饼干里的，后来才知道，烤好饼后，要立即取出烤箱后迅速用抹刀把它们倒着放到木质案板上，迅速将写好的纸条放在饼上靠中心的位置，然后将饼对折起来。必须趁热，否则就不能折了。

网友与幸运饼干的故事

在网上发了条微博，说起了"幸运饼干"（Fortune cookie），结果好多吃过的人都留言，说起自己与幸运饼干的故事。很有意思，在此列举几条。

YYQ要放弃眼皮对称了：中午吃到一个告诫我"纵欲过度有害身心"的幸运饼干我还在想这跟我有什么关系……哦，这夜不归宿的日子。

茅为蕙：想当年我在美国的中餐馆做服务员时，没少给，也没少吃……就像中国的"加州牛肉面"绝非来自加州一样，这个在美国人心目中代表中国餐厅的小小象征也绝非来自咱们中国。我所见过最准确和绝妙的签语是：You just broke your fortune cookie!

明月惠风和畅：我会告诉你我经常吃得好好的突然从嘴里面抓出一张纸，我一点都不喜欢这玩意。

伟琳Wendy：即使不想吃也会兴致勃勃地打开看看里面写了什么～

ASL-SinmB：我一直以为是抽奖券，留了一大堆～

Loungedevon：我记得最多的就是Lucky幸运。

我是沧浪一滴水：女儿最喜欢这个了，虽然知道都是幸运的话，但她还是坚持是她特别的幸运主题。因为她喜欢我也会认真读每一个幸运纸条。没吃到过有小纸条的，有茶叶的倒吃到过。

宫晟玥：我装了一包。

周周周周周心怡：好吧我拿了好多我好猥琐。

皮卡球球球球球：真的好多人问我说 Are fortune cookies from China? 真心不是……哥来美国之前从来不知道这是什么啊。

布吃鱼 de 猫：那天跟一美国人吃饭，人家还问我中国有 Fortune cookie 这东西么，我遗憾地表示据我所知没有……反正我从来不知道世界上还有这么种东西来的，不过人家倒也没很惊讶，Fortune cookie 里的世界太过美好了在 panda 拿到每 100 张纸条能有一条成真我就很满足了。

牧马人球探：每次我都会告诉我的客人，以后你去中国了可别找人家要 Fortune cookie，没人知道这玩意，然后每次他们都会很惊讶，很不解。

蓝西 XI：哈哈，想起来有一次跟一美国人在中国餐厅吃饭，她问我是不是在中国也会发这种小零食？因为她吃过的很多中国餐厅都会有这种小零食～我当时就愣了，我也是第一次吃到这种东西啊……

任嘟嘟：#USA# Fortune cookie，据传说 It is said that，美国的所有 Fortune cookie 制造和销售被犹太人垄断，求真相，求解析，求 why，求 reason。

在 20 世纪 50 年代晚期，幸运饼干已成为许多小型中国烘焙店与幸运饼干公司制作的食品，其中一家最大的公司为旧金山的 Lotus Fortune，成立者是 Edward Louie，他发明了一台自动幸运饼干制作机。

二十、 八旬中国老头勇敢闯美国

朋友郭太太刚从中国到美国生活，找了份陪护的工作，陪护对象大多数都是一些老人家，她的工资多数情况都是政府支付的。

她常说，美国的老人实在太幸福了。

的确如此。美国的老年人很独立，他们很少与儿女们住一起，在美国的文化中，家庭很重要，但大部分都是指夫妻和孩子组成的小家庭，成年人一般少有跟父母一起住的。他们的生活和医疗有比较全面的保障，生活在贫困线以下的会得到政府提供的基本生活保障，生病或需要看护的时候，也是医疗保险支付这些费用。

总之我接触的美国老年人，绝大部分都乐观、开朗，脑子反应机敏，说话有逻辑、有条理。良好的心理状态转变成了良好的生理状态，不少八九十岁的老人照样开着车跑东跑西，甚至还出国长途旅行呢。

相比之下，现在在美国的很多中国老人就是另一种生活状况了：他们随着儿女到美国生活，他们来美时，年岁已高，语言不通，很难与周围的外族交注。一般中国老人到了美国之后，还是仍然跟中国人为伍。

好在美国的中国人越来越多，老人们也不愁找不到玩伴。尤其在纽约，有好几个华人聚集的地方，基本上不会英文，也可以照样生活如常。

但是，也有不一样的。

有这样一个老头，80岁了才来美国，英文字母一个不识，却骑着自行车穿行在曼哈顿的街头，乐观、豁达、开朗、热情，用他那不老的心境和状态，征服了大量的粉丝，让人不禁直翘大拇指！

他就是开朗乐观、老当益壮的李新忠先生，一个84岁的地地道道的中国老头！

在这篇里就跟大家一起分享这位了不起的老先生在美国的潇洒生活。

不管您是未老、将老还是已老的老头、老太太，一起共勉吧！

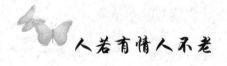

人若有情人不老

你想象过80岁的自己是什么样子吗？

你想象过自己80多岁了，又不懂英语还到美国生活吗？

认识李先生以前，我对老真的没敢多想，只觉得80岁会老得不堪，甚至觉得活到80岁是一种奢望；认识李先生以后，我发现80岁原来也是一种人生境界，依然可以健康硬朗，精神奕奕，玩电脑，发微博，骑自行车逛曼哈顿，玩得一点都不比年轻人逊色！

李先生的女儿是一家上市公司的老总，哈佛大学 MBA 学历，除了大部分时间在中国管理公司，就是满世界飞来飞去。所以大多数时候，都是李先生独自生活在曼哈顿。按国内一般空巢老人的状况，李先生该是"蜗居"在一所空旷而孤独的大房子里，自怨自艾，每天要么守着电话机，要么站在家门口，数星星盼月亮地盼着女儿回来。

可恰恰相反。李老先生在美国生活得有滋有味，不仅身体硬朗，还活出了一片新天地。原来，他有自己一套在美国生活的独特方式。且听俺娓娓道来。

勇敢的心造就勇敢的人

相信别说是老人，就算很多国内的中年人、年轻人一提起美国，马上就会想：我不懂英文怎么办？

这对于李先生，却从来不成问题。他是我见过的最勇敢的华人老头！

李老头说，几年前，他第一次到纽约时，差点就被困住了。纽约这么大，交通不熟、语言不通、面孔异样怎么办？为了尽快熟悉这里，李先生决定主动出击，他首先把活动目标定在华人社区。就这样，在唐人街，他结识了很多热心朋友，他们会告诉李先生哪里有最适合老人休闲的地方，哪里有李先生会喜欢的特色小吃，哪里有最近的便利店，等等。有了他们，李先生就像多了很多双眼睛。有什么不懂和需要，他只要在华人社区里聊上一圈，就全解决了。

这招高吧！

掌握了信息，怎么实现也是个问题。李老头选择了骑自行车。车如流水马如龙，是纽约和世界其他大城市共同的特征。为什么不选择打车呢？可人家老爷子不这么想。"老坐车我怎么认识路？"自行车当然是首选啦。"想当年，俺骑自行车带着媳妇在车流里钻来窜去那会儿，自行车还锻炼身体呢"。老爷子买来一辆自行车，这就上路了。

别以为人家不懂英文，就寸步难行，山人自有妙招。比如去位于皇后区的纽约第二大华人社区法兰盛，离李先生的家骑自行车要一个多小时，每次出门，李先生都会提前写下必用信息，比如自己的住址，想要去的地方，一些应急的办法等，然后请家人和朋友帮忙翻译成英文。有了中英文对照的出行锦囊，李先生心里踏实多了。

路线不知道怎么办？"沿着地铁的线路骑，是最好的向导"。这是老头自己摸索总结出来的。即使不用带着放大镜去找地图，也能巧妙到达目的地。

就是这样，老爷子到过纽约的许多地方。足迹所至，有些连我这个在那里生活了多年的人都没听说不知道。

瞧瞧，历经沧桑后的稳重和细致，加上闯荡的热情和勇敢，这样的老头多可爱！

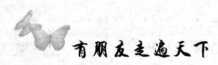

有朋友走遍天下

中国有句老话：在家靠父母，出门靠朋友。

李老先生个性开朗，喜欢分享，所以他从来都不缺朋友。

在华人社区，李老头结识了同样喜欢中医的朋友，李先生与他们一起分享中医文化与养生之道，也吸引了不少外国友人。谈起健康养生之道，李先生说："养生贵在按时，按时饮食，按时运动和睡眠，按时进行各种身心活动，生活要有规律。"另外，"吃亏是福，想开点，没有过不去的火焰山。"心宽才体胖嘛，懂得忍让和谦和，也是李老先生健康的又一秘诀。在华人社区，常常可以看到，老爷子身边围了一群朋友，中外黑白老幼，大家的脸上都喜笑颜开，其乐融融。

听说有一次，李老先生在与朋友聊天时，突感身体不适，浑身发热，朋友们二话不说，将老人护送回家。其中一位年纪很轻的中国朋友，被老人称作"忘年交"的，还特意送来药品和水果，在老人生病的那几天，每天都来看望。

对了，老先生还喜欢旅游，据说除了在纽约"冒险"，他还把活动范围扩大到了世界的其他角落，看来他是准备活到老，游到老啦。这个潇潇洒洒走四方的老爷子，谁不喜欢、不钦佩啊！

我们常开玩笑说：这个中国老头，不要迷住一大帮金发碧眼的老太太在后面追，那容易阻碍交通，麻烦大了，我还得拿个小旗，在一旁维持程序。

我是李老头的铁杆粉丝，欢迎大家和我一样加入李老的粉丝队，祝李老和长者们健康长寿。

二十一、 孩子在纽约上学的花费

很多中国人到美国来生活都是为了孩子能在美国上学。

事实上，美国的确是孩子们的乐园。

小留学生蒲知临说，上课就是玩游戏，下课后不用如中国的大多数孩子那样光是学校作业就要完成到晚上 10 点多，美国老师周末不会布置作业，不像中国孩子周末永远是无数的各式课外辅导书籍。

美国教育一直是中国家长们关注的焦点。经常有博友问我，在美国上学，到底有多大的花费，我没有孩子，平常也没有特别留意这方面的事情，还有在美国习惯了，自己不在行的事情，不好意思冒充内行，来回答大家的问题。今天，和陈婷聊天，很认真地聊她儿子 Jay 在美国上学的花费，她说家乡的记者还特别仔细采访过她呢。

我们一起来看看陈婷儿子 Jay 在纽约学习的花费：

Jay 9 周岁，来自于新移民家庭，2008 年年底随父母从浙江温州移民到美国，当时，办绿卡时，还咨询过我，找哪位律师办，现在他们居住在纽约皇后区。是纽约某公立小学学生，2011 年 9 月将升入三年级。

暑期 Jay 同学的花费：

一、课余学习费用

（1）暑假英数班 1150 美元

（2）乐高机器人活动 900 美元

（3）跆拳道班约 300 美元

（4）游泳约 250 美元

二、旅游费用 600 美元

随家人自驾游美国东部 10 天（此内容要看家长是否有这样的安排）

三、购置课外书和学习用品 0 美元

纽约有许多少儿图书馆，孩子每次借书数量不限，可以续借，课外书籍基本无须购买。

本项总计约 3200 美元。

开学前的准备 （一学年开销）

一、学费

公立学校义务教育到高中毕业，书本免费，并提供免费早餐。

二、学杂费 500 美元

包括团购课外书的费用和参加学校社团活动的费用。每季度学校社团都会组织参加看话剧、歌剧、马戏团等，参观植物园、博物馆和学生旅游，每次 3～20 美元不等。

三、午餐费约 500 美元

根据家庭缴税情况，提供免费、半价或全价午餐，全价每人每餐 2.25 美元。

四、购买新书包、文具等费用约 170 美元

书包不用年年换。开学前学校有清单给家长，要求孩子为班级准备一些用品，如纸巾、打印纸、记号笔、胶带纸等。一般一学期 50 美元以内，不带也没问题。

五、服装费用约 500 美元

纽约学校和公共设施全年都会开空调恒温，孩子一般全年都穿 T 恤衫、短裤。入秋加几件长袖和薄外套、长裤，冬天加 2 件厚外套。

六、准备报的课后培训班

（1）周末乐高机器人班 1800 美元

（2）长笛乐器班 900 美元

（3）跆拳道班（每周 2 次）1600 美元

（4）游泳班 1200 美元

（5）课后辅导托管班（每天放学后 2 小时，收费 22 美元。内容

有乐器、科学、厨艺、朗读、演讲或辅导作业等。此项暂时未报）

七、孩子在校期间的交通费

就近入学，步行上学，无须交通费。

本项总计约 7200 美元

小学阶段教育支出预算 （5～6 年）

一、择校费：就近入学 0 美元

二、学费、学杂费 3000 美元

三、教育设施赞助费 0 美元

四、午餐、服装等费用 6000 美元

五、旅游娱乐等费用约 12 000 美元

六、课余培训费用约 35 000 美元

本项总计约 56 000 美元

在美国，孩子教育成本远高于其生活开支。

Jay 妈妈说，在美国，如果不考虑教育成本的开支，美国温柔的物价水平，让他们觉得养孩子是件轻松的事。周末一家人看场电影，立体电影大人票价 12.5 美元，儿童 9 美元，普通电影，大人 9.5 美元，儿童 7 美元。带孩子周末逛科技馆。全年亲子套票 75 美元，两

个大人加四个儿童一年中可无数次进出几十个科技馆。

麦当劳儿童开心餐 4.15 美元，哈根达斯冰淇淋一桶 20 个球 9.5 美元；龙虾约 20 美元/公斤，在家用餐，全家一顿饭 10 美元可以搞定，20 美元鱼虾肉蔬菜水果都齐了。按此标准，Jay 一个月的生活费用 300～500 美元足矣，而暑假两个月，父母为他的培训费用支出就花费了 2600 美元，是其日常生活支出的 3 倍多。

Jay 妈妈透露，大多数美国家庭，都会有两三个孩子，在美国经济不景气的背景下，为了孩子的教育，父母往往也要勒紧腰带过日子。但美国的孩子们平时生活节俭，不爱攀比。平时靠帮父母或邻居做家务赚零花钱，小学生一般每月 20 美元，初高中学生每月也不会高于 50 美元。马上要上三年级的 Jay，现在开始每周两次帮妈妈倒垃圾、拿报纸，赚 5 美元零花钱。

"美国"妈妈：国内培训价格也不低

美国家长也热衷给孩子报课余培训班。属于纽约"白领族"的 Jay 妈妈，周末的状态，也如国内许多妈妈一般，陪着儿子奔跑往返培训班的路上。在他们家，仅仅是 Jay 上培训班要花的费用，就占了他全年教育支出的 76%。但 Jay 妈妈认为，她给孩子报的课外班，完全是冲着孩子的情商与合作能力去的，Jay 的学习压力要比国内同龄孩子小许多。

尽管在美国，孩子的教育支出一直被认为是家庭最大的经济支出之一，Jay 上的美国乐高机器人班，5～8 人小班制，1 节课 2 小时，收费 45 美元，在美国学长笛，4 人小班制，1 节课 1 小时收费 35 美元。

 ## 纽约儿童：一年教育支出占家庭收入的 10%

在美国，按照一年 7 万～10 万美元的家庭收入，Jay 父母应该属白领阶层，Jay 一年的教育支出约为 7 200 美元，约占家庭全年总收入的 10%。Jay 念完小学，父母为他六年的教育支出总计约 56 000 美元。

美国公立大学一般每年学费为 5000～30 000 美元，而私立大学学费每年从 50 000～80 000 美元不等。Jay 妈妈说，美国孩子到 18 岁后很多就经济独立了。等 Jay 上大学时，他们最多每年会帮孩子支付 30 000～50 000 美元，如果超过此预算，会考虑让孩子自己贷款，工作后自己偿还。

从 Jay 同学的花费中，大家可以看到，他上学的花费其实并不高。

Jay 同学父母和所有华人父母一样"望子成龙，望女成凤"，给孩子选择了不少课外兴趣班，同时，也提供给孩子不少娱乐旅游活动，他们家从温州移民，在美国也有自己生意，本来就有不错的经济基础，所以在孩子的花费上也舍得。其实，其中有些费用是随你家庭情况来定的，你完全可以不用花那么多钱。

二十二、 老美经常说中国人哪些坏话？

朋友来美国旅游，第一大感触就是：老外怎么那么爱笑？逮谁跟谁笑？而且满嘴甜言蜜语，对女人动不动就说"wonderful"（美妙），"so great"（太不错了），"so nice"（太好了），"so beautiful"（太漂亮了），"sweetie"（甜心），"honey"（蜜糖），如同家常便饭，听得人心花怒放。

其实，大家都知道，老美恭维人，随口就来，反正说好话表扬又不上税。像俺高娓娓这等长相，还经常被老美赞扬成"You are so beautiful!"可以想象这种表扬有多少水分！（好在俺有自知之明）

当然，有说好话的，也有说坏话的。

老外经常说哪些中国人的坏话呢？

 贬义色彩的俚语或称呼

跟老外熟悉了，也知道他们有一些关于中国人的带有贬义色彩的俚语或称呼，比如：chink（清客，相当于称黑人为"黑鬼"）、

China man（中国佬）、gook（亚洲垃圾，废物）、slant eye（斜眼，拉丝眼）等，这些其实不是什么秘密，好像这里每个民族都有些类似的词汇，大家都知道，也见怪不怪了，就像我们叫外国人"老外"、"鬼佬"、"洋鬼子"。

还有一些，是要打进"鬼子"内部，像余则成一样潜伏，才会在有意无意间获知的。

比如，说人开车磨磨蹭蹭、犹犹豫豫，就说"像中国老妇女开车"；

如果搞不清摸不透一个人在想什么，就说这人像中国女人，只顾沉默，不表达自己的想法；

说什么很困难，就说像学中文，如果哪个孩子哭，就用让他学中文来吓唬他（原来早期移民多来自台湾，他们教老美繁体字，确实很难，当然现在不一样了）；

说谁只知道劳动，不会享受生活，就说谁像中国人。

说实话，每每听到这样的话，我都一笑付之，觉得它们就像中国人常用的"杞人忧天"、"叶公好龙"、"夜郎自大"之类词汇一样，是基于某类人的特点而慢慢约定俗成的用语。非为此跟老美较劲，那只能说明我的狭隘。

我跟老美较劲的经历

不过，几年前在一次我跟老美交往的经历里，我真的较劲了。

那是一个老美小伙子，老家在美国中部，名牌大学毕业，很帅很阳光很典型的美国人，是华尔街的精英。我们彼此有点那个意思，关系也开始朦朦胧胧。

一天，我们去华人社区吃饭。这是他第一次到华人社区，看到满街的中文招牌以及热闹喧哗的社区人群，他无比惊讶，说简直没想到在美国的领土上，你们中国人居然把这里搞成了"小中国"！他的这番话，可能说者无心，但却让我这个听者有了一丝不快！

后来，我们用餐的中餐厅不收信用卡，只收现金。他是不带现金的正宗老美，结果我埋单，搞得他很尴尬。

但是，这些，在爱情面前又能算得了什么呢？很快，我们开始约会了。

一天下班后，他从华尔街到五大道离我办公室很近的布莱恩公园等我。在那里，他说起了对华人社区的感受，口气很异样，觉得中国人很穷，好像来美国占了很大的便宜；说起中国餐馆不收信用卡，只收现金，意思是中国人逃税；问我中国人是不是吃狗肉；还说中国人开车不守规矩、中国人随地吐痰、中国很多人是偷渡的、中国人不买保险、很多在美中国人都不学英语，就开饭店、开发廊、开美甲店，等等。

我问他哪里来的这些乱七八糟的想法。他说，有些是看到的，有些是新闻报道的，还有些是听来的，还说中国是不合适居住的国家，美国是最合适居住的地方。他一副居高临下的优越口气，我一下子火来了：

——"你在瞎说什么呀？你去过中国吗？你认识多少中国人？"

他又说中国的污染严重，中国产品的质量差，把我气坏了。

于是吵架开始了：

——"你那么不喜欢中国，那你干吗追我呢？"

——"我又不是说你，你和他们不一样。"

——"怎么不一样？我是中国人，你少在我面前说我们中国人的坏话！"

吵架升级了。

在那一刻，我失去了耐心和理智，他正在追求我呢，居然那么看不起中国人，让我特别气愤。我当时的感觉，就像自己的父母和家人遭受了戏弄与嘲笑。我带着护短的急切与蛮横，一下子变得恶狠狠的，一心要打击一下这个傲慢的老美。

——"你以为你有什么了不起，你没有去过中国，有什么资格说中国不好？"

他还说到中国的制度，以及一些政治敏感问题。

这时的他和平常的甜言蜜语判若两人，尽显那种美国人骨子里居高临下的优越感，我很惊讶，很气愤，不由得显摆一下来打击他。

——"你见过克林顿吗？你见过布什总统吗？你参加过纽约市长家里的聚会吗？你有几十个员工，你有司机，你家里有保姆吗？"

他说："没有。"

我说："我都见过，参加过，我都有。你以为中国人都穷，都来占美国的便宜？我们很多中国人来美国之前本来就很优秀，在那里也有很好的职业和地位，你算老几？在这里说东道西的。"

然后，我很气愤地说："Get out here!"（滚蛋）

我知道自己此时此刻很小气，很敏感，就像一个蛮横不讲理的小女人，在这个一直对我甜言蜜语高大帅气的男人面前，我原本建立起女人的优越感，一下子因为自尊心的伤害消失遁形。

我相信，如果是跟个一般的朋友来讨论这个问题，我或许会条分缕析，告诉他我所了解的中国，中国人的优缺点，中国的过去将来，如同我曾经许多次做过的那样。但是这一次，因为这种特别的关系，我任性地听凭自己口无遮拦。我知道，我对他的感情没有了。这与理智没有关联，只与那潜藏在我身体血液里的家国情感有关。

他没想到我会发那么大的火，愣了一下，也气冲冲地离开了。过了一会儿，他又转回来，说："我不是说你，但我讲的是事实。"

然后他说："我是美国人，我不会 Get out here。"什么意思？他没有说下一句，难道说我是老外，我应该 Get out？

尽管也经常听到白人老美跟人吵架时说：Go back to your country!（回你的老家去）。但这一次这一句，却更让我觉得受伤害，也许这次是我自己太偏激、太小气。

后来，这个小伙子不管怎样打电话，怎样留言道歉，还送花到办公室，我再也没有理睬过他。尽管我知道，他说的是客观事实，但是我觉得他不该在这个时候在我面前讲。

当外人说中国同胞的坏话时，很多在海外的华人华侨都会像我一样反击。你可以说我们不够理智，也可以说我们不够宽容和大度，可是，我们也是个体的人，有自己价值的底线和尊严，不可能在任何一个被耻笑嘲讽的场合，冷静而理智。

　　有些情感，它潜伏在你的血液，涂抹你的神经，从来不会因为你离家多久而改变。

二十三、 中国房东在美国

"安居乐业"这是中国的古话，中国人喜欢买房子，是地球人都知道的事实，所以中国人不管在哪里，都喜欢置业，买房子。

原来人们对美国的向注，所谓"美国梦"就是有车有房子（这里说的房子很大程度上是说的别墅）。在美国的不少华人，辛辛苦苦挣了钱，首先要做的事情就是买房子。

一般情况下，中国人到美国，先是租房子，勤俭节约地攒钱。然后付房子的首付，再银行贷款，买自己的房子。有了第一套后，还有人抵押再贷款，买第二套、第三套……一不小心，在美国就当上了地主，坐地收租。他们可以不工作，只靠出租家中多余的房屋，日子就过得挺滋润。这也是华人在美国的一种生活方式。因为美国置业是永久性的，可以传给子子孙孙。

中国房东和美国房东哪个更牛？

回中国听人们说，一些房东是很牛的，特别是在北京、上海、深圳这种地方。

房东高兴让你住就住，不高兴了就可以叫你搬。租房子是要给押金的，房租最低也是季付的。觉得缺钱花了，想涨房租就可以涨房租，你爱住不住，你不住自然有别人住。你要是敢拖欠房租，立马给你扫地出门。好像跟以前的一些凶狠的地主一样！我想这些应该是个别的现象，但是，在中国当房东和在美国当房东确实很不一样，因为不同的社会背景和不同的法律、法规。

美国的房东可没这么牛，房租并不是房东想要多少就能收多少的，甚至有一些房租还不能按行情走。比如美国每一幢大楼，不管在哪里的位置，不管多贵，其中都有一两套是给低收入者的。有一个朋友，住在曼哈顿，很新的一幢公寓里，一问房租，才650美元，把我惊得半天合不拢嘴。虽然他的房子不大，一个筒仓（Studio），但是很新，在曼哈顿寸土寸金的地方，按市面价，至少便宜了一半多。

（1）隔壁租5000美元，你只能租1000美元，占便宜也能继承

在曼哈顿中央公园旁，算是美国纽约高级公寓，按现在时价租房子，一个一室一厅，至少在5000美元左右。但是，别以为住在那里的一个个都是大富豪。

有的家庭在40年或30年以前租下的房子，当时时价租金为300美元左右，一直延续下来，父承子，子承孙，即使到了今天，其他的房子月租已经涨到了5000美元，房东也只能涨一点点价。如果房客没说搬走，房东也没法赶他走。如果房东强行让他搬走，是违法的哦。所以很多时候，一些房东尽管看到隔壁一样的房子，租金都是10倍甚至100倍，也恨得牙痒痒，早上看到房客还得微笑着说：早上好。

不知道《老友记》（*Friends*）大家看过没有，莫妮卡（Monica）租的那个房子，就是从她姑母那里继承下来的，一直租一直租很便宜，位置就在中央公园附近。

纽约有超过100万套固定租金的公寓，由政府同房东和租户共同签订协议。这种公寓租金每年涨幅很小或几乎不涨，租户只要按时交房租，就不用担心被房东赶走。

纽约市的法律也从各方面保障租户利益，让租房的人有安全感。房东不能随意增加房租、不能随便毁约、不能赶走房客，在住进新房客前还必须将房屋重新装修，房东负责提供房屋的日常维修服务。

（2）不能挑房客，否则被告歧视，美国房东伤不起

如果你是房东，一个大肚婆来租你房子，你不租，因为她要生小孩，你怕闹怕麻烦。如果这个大肚婆想跟你计较，那你惨了，你会被告歧视妇女。

如果你看到印度人或者黑人来租房子，你因为不喜欢他们的味道而不租给他们，那你又惨了，你犯了种族歧视法。

（3）付不出房租也不能赶，美国房东很郁闷

如果租你的房子住的那家人，当中有一个人在伊拉克打仗战死了，而他们家又正好付不出房租了，这家人如果还要住下去，你不但不能赶他们走，还要把嘴巴闭紧点，有牢骚都要发小声一点。

（4）有房你别牛，贵了没人租，有政府廉租房

纽约市政府多年来一直实施廉租房政策，符合条件的中低收入阶层每月用较少的租金就可以租到较好地段的一居室公寓。位于纽

约曼哈顿下城的斯泰弗森特社区，就是一个典型的廉租房项目。从第14街到第20街的6个街区100多幢居民楼，专门面向中低收入人群，在这里租户可以以大约市价一半的价格租到不错的公寓。

纽约曼和顿斯泰弗森特社区的廉租公寓，有一家人在那里住了近12年，租住的是一套总面积约55平方米的一居室公寓。其中，客厅面积约26平方米，卧室面积约15平方米，有两个壁橱。这样一套公寓在曼哈顿每月租金一般都在3000美元以上，而她只需付大约1500美元。

斯泰弗森特社区的运营维护非常完善，每6年会为租户重新粉刷公寓，并确保各种设施运营正常。如果住房出现水、电等问题，物业会立即上门维修。卫生间一直沿用"二战"后的设计和用具，即使多年使用都没有问题。

另外，斯泰弗森特社区生活设施齐全，小区中心地带有喷水池、供小孩玩耍的草地，小区24小时有保安巡逻。

斯泰弗森特社区项目始于1947年，最初的目的是为"二战"退伍军人提供廉价的住房，几十年来逐渐演变成面向中低收入人群的保障性住房项目。一幢连着一幢的红砖楼大部分是适合出租的公寓。这一项目由私人公司营建，但享受政府补贴，因此房租低廉，吸引了众多申请者。

不过申请起来并不容易，有的人申请等了3年才被批准。

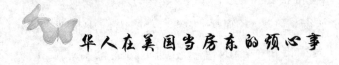

华人在美国当房东的须心事

从不完全统计来看，在纽约当房东的华人人数有 5 万左右，他们每月的租金收入可达到 300 美元到数千美元。我们开玩笑，管他们叫"地主"。

有人很羡慕地主们的收租生活，以为他们很是优哉游哉。不过，美国法律从各方面保障租户的利益，让租房的人有安全感，比如房东不能随意增加房租、不能随便毁约、不能赶走房客，在新房客入住前还必须将房屋重新装修，房东还负责房屋的日常维修服务，等等。所以，地主也不是那么好当的。

个中酸甜苦辣，用一句俗话来说，就是"只看到强盗啃鸡肉，没看到强盗挨棒棒"。

在纽约这样一个竞争激烈的城市，当房东也不容易，房东和房客之间的关系，被视为纽约最紧张的人际关系之一。原因有几个：

第一，纽约租金高，用收入的 1/3 来支付房租，当然会让人心里不爽；而房东也并不那么好当，纽约的地产税在上涨，电费水费也在上涨，可是一提加租就会遭房客的抱怨甚至抗议。

第二，俗话说，不要让敌人知道你的秘密。但房东通常是掌握房客秘密最多的人：工资收入、信用度、工卡号码、移民身份等，房东都了如指掌。有时候，就是这些秘密埋下了双方反目成仇的祸根，一旦双方关系恶化，彼此就要卷入一场旷日持久的战争，包括花钱请律师，上法庭打官司，结果是耗费大量精力财力，陷入精神紧张和焦虑之中。

一个朋友，家在纽约，由于经常回中国打理生意，将她在纽约以及上州的房子出租。我们戏称她是大地主。

这段时间她很烦心，经常去法庭。原因是住在她房子里的客人，没有交租金，却一直不搬走，所以她要请律师上法庭打官司，搞得焦头烂额。

她的这栋房子是一个大的 house，可以住几家人。5 年前，这对夫妻刚租她的房子时，交房租很准时。于是，经常回中国照顾工厂的她，就把管理这栋房子的事情交给这对夫妻，委托他们代收房租。可慢慢地，这对夫妻不仅自己的房租不交，连其他房客的房租也装进腰包，害惨了这位朋友。

现在，银行的贷款她还不了，那对夫妻也没有被赶走。每次法庭开庭都有几个月的间隔，在打官司期间，那对夫妻就优哉游哉地"合法"免费地住在她家里。

她还算不幸中稍微万幸的一种房东。不用天天和房客见面。更惨的是那种一套房子，自己住一间，分租给房客一间的人。上了法庭，大家像仇人一样，下了庭还抬头不见低头见的，那才叫难受哦。

近段时间，出现了专业"蹭房团伙"，利用华人房东急于出租的心理，上门租房，在交一个月押金和房租后，搬进来就不再交房租，直到房东无可奈何请律师把他们告上法庭时，这些专业的蹭房人已经免费住了半年以上。

媒体也经常报道这类事情，《侨报》记者林菁就报道了这样一个故事：

布碌仑一华人房东怀疑房客在家中释放有毒气体，多次报警和报告消防局，但消防局却查不出任何异样，事情不了了之。房东想把房客赶走，但房客赖着不走，房东一家人每天担惊受怕，他们到医院急诊，装摄像镜头，还把家里的楼梯、窗户和门用塑料封起来，全家人的精神几乎处于半崩溃状态。

房东陈先生三年多前在布碌仑宾臣墟买下一幢楼房，自己和太太及女儿住在二楼，一楼出租。去年夏天，两名亚裔人看到中文报纸的招租广告后前来租房。据陈先生说，两人30岁左右，男的是越南人，自称做钻石生意，女的是韩裔，自称是护士。陈先生觉得他们收入应该比较稳定，就把一楼两房一厅租给他们，租金1250美元。

但是不久后，陈先生发现男女房客身份可疑，女房客整天待在家中，男房客在附近开酒吧，半夜三更经常有女孩进进出出。接着，他发现一楼经常飘出异味，像香料、酒精，或烧焦味。他怀疑房客从事贩毒生意，甚至有意要毒死他们家人。陈先生说他太太和女儿有一次晕倒，有一次到急诊室，但医生说是一般肠胃炎。

陈先生多次报警，但警察无能为力，消防局也来了三次，但检查不出有什么怪异的空气。

最后他只好请律师到法庭申请驱逐令，他和房客没有签约，法官下令房客必须在2月月底之前搬走，届时如果房客不搬，房东将要求法警把房客强行驱逐出去。

二十四、在纽约合租房子的"雷人"事

刚来美国时，很多人都有合租房子的经历。虽然来美国时带了一些钱，但在十多年或二十多年前，人民币和美元的兑换是 9：1，甚至 10：1，有谁舍得把钱都用在租房上？于是，与人合租，就成了划算又省钱的招了。

这个情况在现在的中国大城市也很普遍。刚毕业的小年轻或外地来的打工仔，收入低又得有安身之处，跟同学亲朋住在一起，既省钱又相互有个照应。

只是在美国，刚来的人在合租之前就认识的概率相对较低，再加上人生地不熟，语言沟通又不灵便，所以，合租的状态里情况不一，故事也多多。

表哥表妹走马灯

有的中国人，买了一个 1 房 1 厅，把客厅改为 1 房。有的人更厉害，把厅弄成 1 个大房，还要加一个小房。房租不仅可以支付房贷，还多少有些节余，房东自己就可以白住，挺美。还有更牛的，就是自己租了房子，再隔成小房间，分租给其他人，自己当二房东，又赚了钱又省了房租。

当然，在美国，有些房子可以出租，有些则不可以（coop），不过，中国人有的是办法。不许租的房子，一般情况下，房东都会跟租客交代，说是他的表妹或者是表哥，总之都是家里的亲戚，老外看中国人都差不多，也辨别不出来。只是有时房客换了，老外房东就会感慨：这家的表妹表哥怎么那么多呢？

还有美国华裔的设计师，结合中国和美国特色，专门设计很方便也很实惠，从几个角度看上去都很豪华的别墅，房东和房客分开，租房子的人只用一层，甚或一间，但是拍相片给家里人，一看，哇噻，大别墅哦，美国梦实现了。这款房子还获得过建筑设计奖呢。

别墅的房东则可以理直气壮地租房子出来。基本上，租出去的房钱，可以还银行的贷款，帮了同胞，也帮了自己。

在纽约合租房子遭遇的冤枉

很多年前，我刚来美国，也是去找房子，与人合租。

一次，在报纸上看到租房广告，要求一单身女性。房东是一个50多岁的先生，很小的1房1厅，厅没有隔成小房子，总共看起来大概有40多平方，还有一条小狗。我问，你租哪个地方出来？我以为他还有别的地方。他说，就这里。还问了我很多问题，不像房东倒像是相亲，看他色眯眯的样子，天啦，我终于明白他的意思了，我要付房租，还要当他的那个。吓得我赶紧跑了。后来我想，也许是我误会了别人的意思。

在法拉盛，看到一房，在一大楼里，房东是来自福建刚刚结婚的年轻夫妻，在外地开餐馆，很少回来。1房1厅，客厅改成了一个大间和一个小间，我当然是他们的表妹，或者表姐，没问他们的年龄。

我在那里住着很开心，大多数时间只是我一个人，他们只有在一个月休假的时候才从外地回来，在纽约买东西、见朋友。纽约华人多，很多中国吃的用的在这里都可以买到，纽约成了大家的第二个家乡。

我觉得很奇怪，既然这样，为什么要租这个房子呢？

后来我发现，他们也是二房东，这里是他们那些在外州打工、开餐馆的人的根据地，所有的来信、包裹呀，都在这里中转，当然，来了人也住这里，住几天再分散到其他地方去上班。

刚开始时，没有人来，慢慢的，来人就多了。有时候，我不知道他们什么时候到的，反正他们经常就是睡觉，还有就是买很多好吃的自己来弄，我在时，他们也邀请我一起分享。我很好奇："你们不是自己开餐馆吗？怎么还回纽约来大吃大喝呢？"他们说："只有在纽约才买得到这么地道的家乡东西。"

有时候，福建老乡大学毕业找工作，住这里；跟男朋友吵架，也来这里。反正这里，就是他们的家乡居委会或者生产队妇女委员会。

那时候，我经常自己扛着摄像机，到处拍节目，还遥控我在中国的影视公司，早出晚归，忙得不亦乐乎。中国和纽约时间相差12

小时，所以，公司上班时间是白天，在美国就是晚上，经常打电话回中国。

有一天晚上，我打电话时，隔壁一个男人的呼噜声透过用简易木板隔的墙传过来，声音巨响，呼噜声伴着我和我的员工通话谈工作，后来我想起很不好意思，他们怎么看我呀？那时他们都认识我中国的男朋友，天哪，这件事情一直没有机会解释，但愿他们有机会能看到我的这篇文章，洗清我的冤枉。

可不巧，正好我当时的男友这时也打电话给我。

男朋友委婉地问："你身边有人？"

我一下懵了，我怎么解释好呢？真像做了亏心事似的，我那个尴尬啊！本来我们隔着那么远的距离，就容易产生怀疑，这下可好了，被抓了个现行吧？真是跳进黄河都洗不清。

那时候 QQ 和视频都不像现在那么发达，难道我去把那位呼噜先生叫醒让他来给我洗刷清白？我都不知道他是房东的什么人。也许，人家刚刚到美国，一路辛苦，肯定非常疲劳。我又怎么好意思去打扰呢？

不过，我实在觉得不能这样对不起自己，只在那里住了大概几个月就搬走了。

在美国，多数人都喜欢租房子，只是他们租房子不像中国人那么抠门、小气，尽管是租，他们也舍得花钱，要住得舒服。中国人即使有钱，一般也舍不得那样花，觉得在给别人养儿子。所以，有钱的没钱的，刚来美国的时候，大家在住的方面都是差不多的情况。这是两种文化心理差异造成的。

不过，很多刚到美国的中国人，都有一段心酸史。

90 年代后期移民来美国的人，和以前的老移民不一样，差不多在中国都有一定的基础，我也和那些人一样，那时候在中国有自己的公司，条件也还不错，来这里从零开始，真的需要勇气。

人生就是这样，任何时候，任何困难，都可以挺过去，重新启航、重新开始。有人问我放弃中国那些也是勤奋工作才有的舒服的一切，后不后悔，现在想想，好像也没什么。

是块金子，在哪里都会发光，找到合适自己的位置，实现自己的梦想，你们说呢？

在遭遇困难的时候，我经常安慰自己，尽管我还不算金子，我还是可以很自信地在美国买自己的房子，生活在自己的梦想里。

生命的重量和品质不在于你拥有什么样的物质，而在于拥有什么样的精神和灵魂。当人有了梦想，然后为了这个梦想舍得放弃，也勇于追逐的时候，生命的赋予往往会让你收获更多。

在美国多年，体会更为深刻。

二十五、 在美国维权的恶心遭遇

每年的三月，中国都很热闹。领导们忙着两会，大家忙着学雷锋，学完雷锋又忙着种树，树根还没扎稳，这又要开始把自己作为消费者积攒了一年的怨气集中在一天爆发出来，否则，逾时不候。

在美国，消费者需要奋起维权的时候比较少，商品不合适、有质量问题，在一定期限内，绝大多数情况下都可以无条件退换。人们到商店购物也无需讨价还价，价格欺诈的几率很低。

像类似 Costco 这种商家，一般来说退货柜台的人连问退货原因都不会过问，只会让专业人员现场查验一下便可退回全部货款与税金，整个过程不会超过十几分钟。如果在国内，这是不可思议的事情，供货商可以找出 100 个理由拒绝你。

虽然美国讲法制、讲诚信，但也会遇到一些很烦人、很恶心的事情，讲起我维权的一件小事，虽然过去很多年了，至今想起都还义愤填膺、耿耿于怀：

成为会员

在美国，很多人都喜欢锻炼，我也不例外。

我们上班在曼哈顿五大道，旁边即麦德逊大道44街，七号地铁格兰中心大厦旁边，有家规模很大的健身中心，到地铁只要一分钟，到我们办公室只要三分钟，很方便，健身中心里，有游泳池，有干、湿蒸桑拿，还有Jacuzzi像温泉沐浴池，除各种健身器材，有教你锻炼的私人教练之外，还经常有人教体操，教瑜伽。所以我很喜欢那里，签了合同，每个月付60多美元，不限次数，不限时间。

这家店因为在曼哈顿闹市区，加上设备齐全，收费偏贵一点，健身中心是私人性质，很多会员都是附近公司上班的白领。美国也有属于政府的健身中心，价格便宜，但条件不一定那么好，或者没那么方便。

我很喜欢中午的时候去，特别是冬天的中午。

纽约的冬天很冷，有点像北京，而我又很怕冷，所以中午去，不一定是锻炼，只是去桑拿、干蒸、湿蒸一下，再到热气腾腾的Jacuzzi去泡泡，按摩按摩，容光焕发，再回到办公室上班。有时下班以后有Party或者约会，也去那里洗个澡，换上漂亮的衣服，精神抖擞地去赴约。

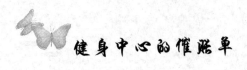

健身中心的催账单

这样的日子过起来很舒心。直到有一天，健身中心张贴出通知，本中心将关闭。我很遗憾，没有比这里离我的办公室更近的健身中心了。

健身中心关了我的麻烦却来了，几乎天天都会收到这家健身中心从佛罗里达州的管理部门打来的电话，催我交钱（我的信用卡可能到期了，他们无法再扣钱，需要我交支票或者给他们新的信用卡卡号）。

我当时就想，奇了怪了，健身中心不是也关了吗？怎么还天天来催交钱呢？也很纳闷。

一开始，我还耐着性子跟他们讲我已经不再是他们的会员了，可电话还是不断地打来。这些催钱的来电显示一般都是未知号码、乱码，或者 1800。

记得最清楚的一次是早上 5 点多被电话吵醒，看到那个出现"未知"的电话号码，以为是中国打来的，有什么急事，一接听，原来又是来催钱的。

我就又跟他们解释，不是我不想续费，而是原来那家店关门了。他们又说他们是全美连锁店，我可以选择到任何一家。

我说我只想去我办公室附近的健身房，其他的地点我不方便。但是他们都不听，一直坚持说我跟他们签了合同三年，还差一年未满，让我必须交来年那一年的钱还是每个月必须交，这是他们公司的规定。

后来，我回想起当初我们签合同时，跟他们讲了我的情况有时要回中国两三个月，他们当时还承诺我离开期间保持会员身份，但不收我的费。

结果后来我发现，就算去中国之前跟他们打了招呼，却发现他们仍然每月收我的费用，从我的信用卡上直接扣，我问他们，他们说：没人说公司有这规定，我找到当初给我签合同的人，结果，他说忘记了当时有这个承诺。

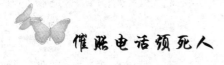

催账电话须死人

好了，以前回国期间被收的费，都不说了，统统都过去了，一个月几十块钱，我也很喜欢那个健身中心，本来也无所谓。

现在你们自己关门，自己违约，还来找我，说我必须按合同付满三年的费用，岂有此理。

我按他们公司网站上的信息和传真号码，传上我的个人资料，告诉他们我以前是在哪一家健身，现在什么原因我不愿意继续做他们的会员等解释。

电话还是照来，有时一天几次，到后来我看到电话就心里紧张，来电有时是晚上 12 点以后，因我在媒体工作我又不能不接电话。

打电话的人经常不是同一个人，或许是催账公司，电话号码也不是一个地方，或者自动录音的那种，很多时候，根本没有号码。我们好像较上了劲。

刚刚开始的时候我还幻想和他们说清楚，于是每次电话里我都会把事情解释一遍，但结果始终是我说我的，他们说他们的，账单照寄不误，还把每个月的累计起来。

有一次看着账单我实在没法忍受了，就想事情总得有解决的办法，于是我按照账单上的地址，写信过去解释，把他们以前的地址，以及我办公室的地址（其实，以前合同上早就有这些内容）两个对比，告诉他们，我现在为什么不愿意继续做他们的会员，不是他们的服务不好，是因为现在不方便，另外的分店离我们办公室太远，去一次太周折，所以必须放弃。并且，是你们自己关门，不是我逼你们关的。

 ## 不断的电话让人恶心

我这样做了，我以为万事大吉，说得清清楚楚，问题总算解决了。

大概过了一个星期，电话照样来，有时天天，有时隔天，有时隔几天。就算我不接这种不出现号码、来路不明的电话，还是在冷不丁时，接了好几次。

工作时间来电话还好，经常是晚上很晚，甚至是深更半夜，凌晨1点，早上很早，一听到电话声，仿佛听到鬼叫门，令人胆战心惊。我发现我得了电话恐惧症，听到电话声就紧张，很恶心，后来只好把电话调到振动上。

很想改掉电话号码，但又不能，我多年一直用这个号码，工作、朋友们都习惯了。

那段时间真是烦，烦，烦！一直持续了三四个月。

实在忍无可忍，让他们传回我的合同，看看我到底签了什么"卖身契"。我手上也有一份合同，因当时没觉得这是什么大事，就不知放到哪里去了，对方居然不传。

电话还是照样打来。

这样下去我会精神分裂的。

在法治国家，需以法律的方式维权

告诉我的一位律师朋友，他说由他来帮助我解决。

本来，在美国律师干什么事情都要收费的，就算去咨询什么事情都要按小时收费的，从几十到几百美元不等。我的这位老外律师朋友，做律师20年多了，很资深，他的收费标准是300美元/小时。好在我们是好朋友，费用嘛，就免了。

对方再打电话来时，我告诉他们别烦我，找我的律师，律师朋友也打电话给他们，告诉他们，他将代表我处理此事，同时也告诉对方他的电话、办公地址，E-mail，便于联系。

同时律师要求他们传回我以前的合同。

结果，对方好像是一个部门的小负责人回话，让我写一个说明，关于合同，我律师说我的当事人已经写过好几次说明了。

过了一个星期，对方让我再交 50 多美元，撤销合同，我觉得凭什么要我再交钱，不是我的原因，是你们自己搬走了，关门，还打扰我那么久，我没有索赔就算了，还要我交钱。

哪怕是一分钱我都不愿交。账单还是来了，让我交那 50 多美元，我坚决拒绝。这不是钱的问题。

再后来，账单没来，电话也没再来了。

但是我不知道，也没有去查，他们是否把我的名字放上了黑名单，报告信用公司，说我信用不好。

这种维权，如果律师真的收费，那比我付给那家健身中心的多得多。

但好多人有时宁愿多付钱，也要去打官司，那真是应了秋菊的话 "讨个说法"。

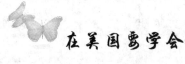

在美国要学会—— "有事找我的律师"

"有事找律师" 是多么美妙动听的话，有什么事让律师去烦吧，也把钱乖乖地交给律师吧，谁让美国是法治国家呢?

有时候我忍不住会想，为什么刚开始他们那么不依不饶，但后来律师一出马他们就妥协了呢？

看来在美国，维权也要有策略啊，不管在什么地方，不管是不是3·15，只要你有维权的意识，懂得应用法律的手段，就能维护自己的权益。

二十六、 美国公共安全事故怎样赔付

曹先生和妻子陈女士，是生活在纽约的美籍华人。2011 年 7 月，他们一家人从纽约返回中国福建探亲，23 日在温州遭遇铁路交通事故，57 岁的曹尔新（Erxin Cao）和 56 岁的妻子陈增容（Zengrong Chen）遇难，32 岁的长子曹立行（Lixing Cao）重伤。

当时的"7·23"动车追尾惨案，遇难的人有 3 位外籍人士：意大利籍的 Liguori Assunta 女士、美籍华人曹尔新先生和陈增容女士。

当时网上很多网友议论，外籍人士和中国本国遇难者的赔款，是否同一标准，是否"一国两赔"？"中国铁路事故赔偿如果和美国一比，简直是比从姥姥家低到舅舅家还得矮八辈"等说法，美国赔款的那些数字是根据什么标准算出来的。

如果像这类惨案发生在美国，该怎样赔款？就这个问题，我采访了在美国专办意外伤害、车祸赔偿的纽约著名律师孙澜涛，以及我其他一些律师朋友。

就纽约来说，这类车祸案赔款的依据，首先要看这次事故是私人公司行为还是纯粹的政府行为，看所买票价中保险的含比例是多少，保险内容因为不同的保险公司销售的产品有很多的区别，有些保险理赔可以上不封顶，也可以有封顶的。在美国赔款，不是人人平等，而是根据每个人的情况，"因人而异"，有人可能得到赔款1000万，有人可能也只有几十万，或者几万。

专业团队为代理人争取最大利益

在美国处理公共安全事故赔款要综合精算，所以有一个庞大的律师队伍，同一事故遇难的人，得到的赔款不一样，但律师们会为他的被代理人争取最大的利益。

美国的公共事故赔款是一件很复杂的事情：需要各方面的精算，还有律师的智慧去争取，最后，得出一个综合数字：

（一）年龄不同，赔款不同

比如，年轻人比老年遇难者得到的赔款多，因为年轻人的人生才刚刚开始，以后的前途无法估量，如果已经工作的就以他们工作单位的情况、个人收入，来计算到退休年龄的全部价值；如果还没有工作，要参考父母的教育程度、学历等来综合评估，计算到退休时（一般美国男性退休年龄在65岁）该得到的收入；如果60岁的死者，每年收入是20万，保险公司就应该补赔5年的工资，所以年轻死者比老年死者得到的赔款多。

（二）生前报税不同，赔款不同

按照生前的收入，报税高的，比报税低的得到的赔款高。换句话说，死者生前对社会的贡献和创造的价值大，赔款就多。贡献和价值大小以什么为标准？一般情况下，就是看报税。有些人不愿意报税，喜欢用现金，那么遇到这种惨案时，所得到的赔款，自然没有上税多的人高。

（三）家庭情况不同，赔款不同

遇难者是家里经济的顶梁柱，全家的生活依赖，那么得到的赔款就多过其他人。当然，这些情况都要有严格的证明。

（四）死者生前受的痛苦不同赔款不同

比如，当场死亡的人和送到医院治疗死亡的人，得到的赔款不一样。送到医院抢救的过程，有挣扎、有精神上的痛苦，死者得到的赔款就多过当场死亡的人。抢救 6 小时去世的比抢救 1 小时去世的得到的赔款多。

几年前造成 25 人丧生的洛杉矶列车相撞事故，赔偿金总额高达两亿美元，创下美国列车事故最高赔偿纪录。洛杉矶火车相撞事故中的客运列车运营商"洛杉矶大都会地铁公司"和客运列车司机雇主"康耐克斯铁路公司"将共同承担两亿美元的赔偿责任，这笔专项资金用于赔偿 25 位遇难者的家属及事故幸存者。

华商工地受伤 获赔款 1100 万美元

几年前，纽约皇后区的一个建筑工地发生严重事故，一名 50 多岁的华裔男子被突然落下的工字钢击中头部，造成他颈椎和脊椎破碎，颈部一下永久性瘫痪，无法工作，生活不能自理，罗斯里根律师楼为这位曾经为家庭主要经济支柱的华裔争取到了1100万美元的赔款，以及130万美元的全额医疗赔偿。当事人不愿意公布自己的身份，但是希望以自己的经历给所有的雇主和雇员提个醒，希望能把人身安全和依法办事放在首位。

事情的发生是这样的：事故发生时，受害人站在一个完全没有固定好，用来起落货物的铁门前，门框上固定有一个工字钢，可是那天工字钢只有两端固定在墙上，并没有按照标准吊上安全索，非常不稳定，受害人当时和工友拉起另外一个工字钢，被拉起的工字钢在空中晃动，撞到墙，墙体震动使不稳定的工字钢突然下落，砸到受害人的头部，他佩戴的头盔保护了他的头部，但是，过大的重力却使他头部以下终身瘫痪，只能靠轮椅代步，需要家庭护理。

索赔过程很艰难：华裔雇主就在现场，亲眼看见工字钢砸到受害人的头部，但是在提供证词时却撒谎，称记不清楚发生了什么事情，也没有工友愿意作证。

由于雇主方面并不配合，本来此案需要在陪审团面前开庭辩论以分胜负，结果在开庭前，雇主方面的辩护律师突然同意以1 100万美元和解。

帮助索赔是一个漫长而艰难的过程，律师在此起了决定性的作用。证据确凿，律师的水平，还有耐心，离不开在罗斯里根律师楼工作的华裔律师孙澜涛和梁律师，还有其他华裔同胞的大力帮助。当然也离不开受害人的坚强和毅力。

尽管是保险公司赔了这大笔赔款，但是，从此以后，这家建筑公司的其他工程的保险，很多保险公司不愿再与其合作，或者，要他们付出比一般公司高出好多倍的保费，最终，这家公司被迫关门倒闭。

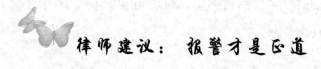 律师建议： 报警才是正道

律师提醒华人：遇到事故，一定要先报警，寻求法律帮助，即使在美国没有合法的居留权，就算是偷渡来的，受害时还是一样可以提出指控并得到赔偿。

在华人中，流行的"私了"方式在美国不实用，有些人因受伤较轻，就和雇主私了，以几百或者几千美元了事，错过了提告的时间，失掉了自己的权益。

再以上面那个事故为例，在美国，就是想干豆腐渣工程都难，主要原因是一个工程的开工，要经过很多部门的无数遍的审批，就算你开工了，工地上的安全工作，稍微不注意，一旦出现安全事故，不仅仅给受伤的人带来一辈子的痛苦，巨额的赔款（虽然是保险公司赔）也会让出事故的这家房地产公司倒闭关门。

二十七、 小学生蒲知临的美国求学之旅

2011 年 9 月 3 日，原本在中国北京生活学习的蒲知临，跟随父亲来到纽约生活，当时还在北京人大附小读小学的 12 岁的蒲知临，在经历了挑选学校——注册——落实入学这一系列过程之后，蒲同学终于顺利入读了曼哈顿 333 学校（Manhattan School For Children）。

自从他走进正在上课的教室，坐在老师和同学们中间的地上，听完了他在美国的第一堂课后，中国教育与美国教育的差别，总是随时随地让这位小学生有很深的感触。

他在网络上，录了中国小学生经历的美国留学生活，很有意思，大家可以一起了解一下。蒲同学以自己的视角，记录了自己在课堂上的点点滴滴，以下是蒲同学的原文：

风格迥异的中美课堂

一、课堂上拍手又跳舞

9 月 9 日星期五，只上半天学，今天我已经发现美国小学有许多

不同于中国小学的地方，例如今天一早，我们都坐在地毯上，老师手中拿着一个球，说："早上好，法布雷加斯"，并把球扔给了一个男孩儿。男孩儿接到球也像她一样，说完话扔给另一个同学，直到所有人都拿过球，名字都被说过为止。这个仪式叫做 Morning Meeting。更有趣的是，我们还在课堂上做起了游戏，又是拍手又是跳舞，一反课堂应有的严肃，这使我想起了只在国内幼儿园才有的场景。

二、在数学课上找到了信心

9 月 12 日。今天是我上学的第二天。这天我的感觉与第一天有很大的不同。今天，我已经开始和同学们交流，虽然我有些词听不懂，但我可以用点头或笑一笑来应付，况且，我在下午的数学课上找到了信心。这些美国小孩算术很差，算一个 1/2＋1/4 花了两分钟。我在课上说了一个 5＋9 的结果，他们都对我投来了羡慕和敬佩的目光。一个叫山姆的小孩问我："你是刚过来的吗？""是的。"我回答。"哇，那你太棒了！"他说。我就这样度过了愉快的一天。

三、老师最重视的科学课

科学课可以说是美国中小学最重要的课程之一。在科学课上，我们主要是做一些很容易的科学小实验，比如用不同颜色的豆子表示食物链的层级，模拟鹿、狼和植物互相依存的关系，等等。

但是期末考试却并不轻松。我们学期末的主要任务是要完成"Science Ecology Project（科学生态项目）"，就是要以老师给出的几个美国国家公园为题目，把公园的基本情况、生态系统、食物链等作为内容，然后用海报、小册子、模型或 PPT 的形式将成果展示给大家。老师对此的重视程度胜过其他任何一次任务。在此期间，老师停止给我们布置其他作业，并不断地下发通知来提醒和催促我们抓紧时间。

我的 Science Ecology Project 是关于一个名叫 Saguaro 的国家公园的，我可以说为这件事绞尽了脑汁。我先是在网上搜集了这个国家公园的资料，了解了关于生态系统和食物链的有关信息。接着我开始制作 PPT。

我试图用最简便的方法在 Power Point 上做出一个金字塔型的食物链，可是无数次尝试都没有成功。最后，我还是花了半个小时用最笨的画图的方法做出了一个有些走形的金字塔。终于，我在两天的不懈努力之后，在 Power Point 上做出了一个十分精美的报告。

在我们的制作阶段结束后，展示环节就开始了，这也是 Science Ecology Project 中有趣的地方之一。同学们纷纷以各式各样的方式来展示自己的研究成果，十分热闹。其中，有应付差事，草草一带而过的，也有对此很重视，幻灯片制作很详细的。遗憾的是，虽然我在家已经演练过多遍，准备得很充分，但是由于时间太短，我和一些同学没能有机会介绍一下自己的成果，不过美国学生的科学课和"期末考试"还是给我留下了很深的印象。

不以年龄和资历定级别

一、破格升级

9月23日，今天是我在五年级的最后一天。由于我的语言测验及数学成绩出色，老师决定破格让我上六年级，六年级在纽约就是中学了。在快放学时老师向全班宣布了这一消息，听完，所有人都鼓起掌来祝贺他们班的天才。我相信，他们只见过降级的而没见过升级的。我虽然只在五年级上了半个月，可与我的同学们已建立了友谊，有人居然祝愿我升上去再降下来。不过，我的美国之行本来就有无数的挑战，这只是其中之一，所以我需要正确面对。

二、六年级有些东方化

9月26日，今天是我上六年级的第一天，再一次面对着陌生的同学和老师，还是令我很是紧张。早上，在我用尽我所有的能力成功地自我介绍之后，这些比较友善的同学们也介绍了他们自己。我来六年级的目的很清楚，提高词汇量，还有和我水平差不多的人一起学数学。可结果令我失望，今天的数学课上还是只涉及了一些分数，关于钱币换算的问题他们也要分组讨论。如果有人问我："你现在喜欢六年级还是五年级？"我会毫不犹豫地回答："五年级。"这里的五年级和六年级有着很大的差别。五年级的课堂充满活力，同学们积极发言，积极讨论。而六年级有些东方化，过于沉闷。这就是我在六年级上课第一天的感受。

三、数学方面精英中的精英

9月27日，我在六年级上学的第二天。虽然这是六年级，但是我还是数学方面精英中的精英。在今天的数学课上，我们一起求应用题。我很快就完成了，交给老师看。老师看完后，对我算出 $8 \div 5 = 1.6$ 大为不解。"你是笔算的吗？""不是，口算。"我回答。"你比他们聪明，他们不知道这怎么算，所以你应该教他们。"她说。几分钟后，我告诉了她只适用于美国小孩的独创的"知临蒲"计算法，我把 8 变成 80，用 $80÷5＝16$，然后把 80 和 16 同除 10 得到 $8÷5＝1.6$。她听后激动不已，赞叹连连。我就这样度过了一个愉快的周二。

老师和家长一对一的家长会

11 月 16 日，今天是我的家长会。说来奇怪，这里的学校开家长会不是大拨人一起开，而是老师和家长一对一会面。3 点 50 分，爸爸来到了学校。首先，我们与班主任也是数学老师 Nicole 会面。在会谈期间，她总是在不停地重复一个问题，为什么 Fred（我的英文名字）的数学试卷总是答案全对，但又没有过程呢？她指的需要解释、需要过程的东西不是天文数字，不是让人连题都读不懂的长篇大论，而是中国人花上 5 秒钟算不出就要被人耻笑的八除以五等于几。无奈，我只能在以后的问题中尽我所能地多写几步了。之后，我们见了 ELA（英语语言艺术）老师 Karoline，她对我的评价都很不错，还给我提了一些关于读书的建议。4 点 20 分，我们冒着小雨回到了家。

对学校感受最深：教室、活动空间和无障碍设施

我所在的学校 Manhattan School For Children 是曼哈顿一所比

较有名的公立学校，简称 MSC，又称纽约 PS 333（公立 333 学校）。全校有八个年级，包括小学五个年级，初中 3 个年级，还有一个 Kindergarten（学前班）。学生总数大概 700 人，差不多一半是白人，其次是西班牙裔、黑人和亚裔。

我对 MSC 感受最深的有三个方面：教室、活动空间和无障碍设施。

先说说教室。我们学校的教学楼是位于 93 街的一个七层建筑，我们班在六层。我们的教室很大，有一个储物间、一个洗手间和一片宽敞明亮的教学空间。我们的桌椅呈半包围状，一块深蓝色的地毯铺在它们的中心。上课时，所有人都坐在地毯上听课。在这里，老师讲课不像中国的老师在黑板上写字，他们认为黑板是 "old fashion"。他们主要把电脑和 smart board（手写大屏幕）作为教学用具。

再说说活动空间。我们学校有两个室内体育场，一个小型的室外操场，一个科学实验室，一个舞蹈教室和一个礼堂。其中我最喜欢的，也是我们学校最令人喜爱的，就是我们的科学实验室，所有人都叫它 Green house。Green house 建在我们教学楼的楼顶上，是个全玻璃式的建筑。Green house 就好像一个环保种植蔬菜大棚，种满了各式各样、无土栽培的蔬菜和花草。每当我们来 Green house 上科学课时，老师都会把这里种出的新鲜蔬菜拿来跟我们分享。

特别值得一提的是学校的无障碍通道。我们学校招收有残障的学生，而且对残障学生很照顾。我们四部电梯中有两部是残障学生专用的。只有残障学生家长才拥有这两部电梯的开启钥匙。同时，所有的电梯口旁都写着 "We have people in our school who move in different ways. Please be sensitive to this when riding the elevator and give priority to people who need it first!"意思是告诉我们健全的人应该时刻让着残障人士。学校还鼓励残障学生家长进课堂。这样，家长不但方便照顾自己的孩子，而且他们还可以帮助老师做一些事情。

二十八、 在美国被自己同胞歧视很郁闷

刘女士，原本在中国生活得衣食无忧，移民到美国之后，由于语言不通，便在华人社区做一些陪护工作，每月大概有 2000 美元的收入，贴补家用的同时，还能和老人家们聊天，听一些老移民讲他们的经历故事，老人们还给了她很多忠告，生活很开心。

有一天，她很委屈地给我打电话说，社区里有一位老人的子女，言语中透露出看不起做陪护工作的她。

其实，来美国久了就能发现，这里什么样的人都有。虽然大部分人都比较友善，而且依照美国人的观念，保姆、陪护、服务员，都是只是职业，并无贵贱之分。但也不排除一些华人有根深蒂固的人分六九等观念。我就遇到过这样的同胞。

买房时遇到同胞刻意忽视我的存在

几年前，我在纽约第一次买房子时，到律师办公室办理房屋过户手续，我的律师代表是位华人，卖方和她的律师是美国人，我们在办公室的客厅里等。不一会儿，办理过户的人出来，是一位年轻

的华人女生，她笑容可掬地跟老美打招呼，然后带我们到会议室，却没和我们打招呼，很冷漠。我注意到她，连一个眼神也没有给我们两个华人，当时我好惊讶。

就算她不会讲中文，起码可以跟我们讲英文，整个过程，一大堆法律文件，签字，等等，我们都讲英文，在办理手续的整个过程中，她除了问我的律师要我的证件之外，就没有和我们说一句话。

最后，我的房屋经纪人来了，他是广东人。她有事情要他帮忙，就用广东话跟他聊，开始我以为她不会讲中文，我的代表律师说，她不仅仅很会讲广东话，还会讲流利的普通话！

我们办理手续共花了两个小时，其中有很多内容要交代，卖方的银行代表也来了。

我给对方律师银行的本票。办完手续后，我拿到了钥匙，银行代表给每个人发了支票，我还开玩笑说：每个人都拿到钱，就我最亏。他们说，你拿到钥匙，成为地主了！

在场的人都来握手祝贺，那个华人女生没有参与，没有说一句祝贺的话！

在美国，很少碰到这种情况。一般情况下，华人对华人，是比较热情的。就算不很热情，起码也和对其他人一样吧。像这种当我们不存在的场面很少，我还以为是对我有意见？好像我哪里冒犯了她，那天我也还穿得比较正规，律师和经纪人都说，她就是这样的性格，一直就是这样，不跟华人说话，还经常在华人面前用她工作中的一点小权，对华人特别严厉。

有人以华人血统为耻， 有人引以为豪

在美国，就有那么一些华人，在中国人面前好像高人一等，经常装着不会讲中文，以为不跟中国人打交道，不说中文，自己就是美国人了！其实，不管他们怎样觉得自己高档，不管他是否加入美国国籍，在老美眼里，一看他的肤色，还是认为他是中国人。

最可悲的是有些人在同胞面前认为自己是美国人了，但老美却不这样认为，还是觉得你是 Chinese（包括中国人，华人华侨），属于这个民族。

算起在美国混得好的，应该是美国总统布什任内的联邦劳工部长赵小兰，时任奥巴马政府商务部长骆家辉及能源部长朱棣文。马上要去中国当美国驻华大使的骆家辉还口口声声说"以我的华人血统而自豪"，尽管他说他是百分之百的美国人。

纽约一家电视台的华人主播，在报道老外投诉"华人中餐馆卖老鼠肉"时，还做了一个很恶心呕吐的表情，引起华人的不满。

大家认为，报道新闻是你的本职工作，但没有必要特别显示出瞧不起的样子，以表示自己与其他华人不一样。

后来几千华人到电视台抗议，要求电视台为污蔑华人餐馆道歉，举行几次大规模的示威游行。有些人平常忘了自己是华人，总觉得自己有很高贵的身份。

那位新闻主播大概忘了，她在另外一家电视台受到不平等待遇

时，曾来找华人社区，希望华人同胞帮忙，示威抗议对她的不公待遇，华人为了她到电视台大楼前进行了抗议集会。

 ## 身份认同是个大问题

很多 ABC，在成长的过程中，都会遇到这样的问题：身份认同问题。

在美国的很多家长要求孩子们学中文，你可以看到，很多课后学习班、中文学校，以及假期时到大陆的"寻根夏令营"。

我是谁？我从哪里来？我将向哪里去？我的故乡在哪里？离家越远，这些问题就愈发成为海外游子难解的情愫。也正因此，当体验中国文化的"寻根热"兴起时，越来越多的海外华裔青少年热情地投身其中。这种情况和那些本来就懂中文，在中国长大后来美国的华人另当别论。